偵探書話

杜漸——著

這本小書是我二十多年前在編《讀者良友》月刊時寫的書話，為的是引起讀者對偵探推理小說的興趣，曾以《偵探推理小說談趣》為名結集出版，在1999-2000年被評為十本好書之一。* 這次再版作了一些補充，增加了上世紀九十年代至今的一些資料，特別是中國近年在偵探推理小說方面的新發展，這本書並不是學術研究的論文專著，僅供愛好偵探推理小說的讀者參考。

我是個奉行"讀書無禁區"的人，自幼就喜歡讀一些驚險小說和偵探小說，記得在上世紀四十年代末讀小學的時候，那時香港剛光復不久，學校的設施尚很簡陋，還沒有圖書館，老師要我們班級自己辦個小圖書館，他帶我們到中環的書店去選購課外書。我提議買《天方夜譚》，老師建議我們看"福爾摩斯探案"系列，結果這兩本書都成了我們這群小學生爭相閱讀的書，從那時起我就養成了喜歡閱讀偵探小說的愛好。

我認為閱讀偵探推理小說有不少好處，首先，讀偵探小說就像參與一項智力遊戲，由於這類小說情節大都離奇曲折、撲朔迷離或恐怖驚險，一波未平，一波又起，引發讀者的好奇心去追求答案。我們在好奇

*
中學生好書龍虎榜由香港電台、香港教育專業人員協會及香港公共圖書館合辦。《偵談推理小說談趣》獲選為該榜單第十一屆（1999-2000）十本好書之一。

心的驅使下，就得認真研究作品，根據自己的生活體驗去進行思考，想方設法比別人先一步找出真相，而結局往往是意料之外卻又在情理之中，如同經歷一場同罪犯的鬥智遊戲，在恐怖緊張之後獲得一種放鬆的閱讀快感，對我們在工作和生活中繃緊的神經確能起著一種調節的作用。另一個好處就是通過閱讀這類小說可以增加我們對民主和法治的認知以及科學的知識，因為偵探推理小說是普及現代法制和科學的一種有趣的教科書。同時還可以學會科學的思維方法，懂得邏輯學和刑偵學的基礎知識，例如"六何法"（6W，即何事 What、何人 Who、何處 Where、何時 When、何因 Why、如何 hoW）之類判斷事理的思考方法。

記得在上世紀八十年代，我有一次到錢鍾書（1910-1998）先生家去拜訪，和他聊天，他曾對我坦白承認"小時候喜歡閱讀驚險小說和偵探小說，十一二歲時發現家中有兩箱林琴南（1852-1924）的翻譯小說，有如發現了一個新天地，不只讀狄更斯（Charles John Huffam Dickens, 1812-1870）、歐文（Washington Irving, 1783-1859）、史各脫（Sir Walter Scott, 1771-1832）的作品，更喜歡看哈葛特（Sir

Henry Rider Haggard, 1856-1925）的驚險小說，把林譯作品全都讀了"。他說："我最初學外文的動機，就是想有一天能痛痛快快地讀遍哈葛特的原著小說，我學外文的動機就是這樣簡單，大可以給我扣上個帽子：'動機不純'，就是為了看原文小說嘛。"他還說："一個人不可能一天到晚只讀經典和嚴肅的著作，也可以讀一些有趣味的消閑作品，看看驚險小說偵探小說同樣可以增長學問的。"楊絳（1911-2016）先生在《我們仨》（2003）一書中也說過他們一家三口都是推理小說迷，這當然是包括錢鍾書先生、楊絳先生和他們的女兒錢瑗（1937-1997），她沒有說他們老兩口對推理小說到底迷到什麼程度，只說他們的女兒、這位北師大教授就對推理小說"愛不釋手，見到必買，買來必看"。他們這樣的大學問家都喜歡看驚險小說和偵探推理小說，我們為什麼不多看這種小說呢？閱讀偵探推理小說是有益無害，多多益善的，我不多說了，讀者自己去體會吧。

目錄

　　推理小說也就是偵探小說，是一種擁有大量讀者的文學品種，雖然推理小說是一種用來消閑的大眾娛樂讀物，屬於流行小說，但它與一般的流行小說有所不同，看推理小說得動腦筋，這是一種鍛煉思維，運動頭腦的閱讀活動。如果歸類，推理小說可以說是大眾文學。

　　消閑小說的品種很多，如言情小說、武俠小說、幻想小說、恐怖小說（包括鬼故事），以至色情小說，範圍相當廣闊，都能帶來消遣的效果，不過推理小說卻具有其他消閑讀物所沒有的另一些特點。

　　一般來說，推理小說都有一個偵破疑案的故事，很大程度上它表現了維護法治的思想，純粹的推理固然是存在的，但如果不將推理用於偵破罪案，那小說就比較難以吸引讀者了。

　　既然是要破案，就一定是以某種法律為依據，從而判定是非曲直。推理小說並不宣揚純粹的犯罪，而是以一定的法律及人類共同的是非觀為根據，把壞人繩之於法。天網恢恢，疏而不漏，正義得以伸張，讀者認同的感情亦能夠得以宣洩。所以，推理小說是維護法治的作品，這是它的一個特點。

　　有位朋友提出："不應提倡推理小說，因為很多犯罪的青少年，是看了推理小說之後，才有樣學樣，去殺人打劫的。"我以為這種講法是很不公道的，我曾同他爭論過，我認為推理小說並不是教人犯罪，恰恰相反，是給讀者以是非觀，勸善懲惡的。我那朋友振振有詞地說："看了推理小說，知道如何作案，如果把那致命的漏洞堵住，那就完美無缺，無法破案了。"我說："世界上絕沒有完美無缺的犯罪，因為作案的是人，人總是有這樣或那樣的弱點，即使堵住這個漏洞，難免在另一方面會露出馬腳，我不是犯罪學專家，但我認為從心理學上來看，是不存在完美無缺的罪案的。"他說："就算你的這個說法成立，但推理小說的社會效果極壞，影響和造成了青少年犯罪。"我說："這是懶人政府的怪論，總是強調文學的社會效果，好像一本小說就會導致亡國，這只說明了政權的虛弱。為什麼不從社會方面找出犯罪的原因，而把責任推到小說身上呢？我認為這是本末倒置，我相信百萬糧車劫案的匪徒，絕不是看了推理小說才去打劫的。社會安定，老百姓生活得好，教育發達，罪案才會減少。關鍵不在小說而在整個社會，小說不過是反映了社會的現實，怎麼可以把罪責推到作家身上？"我想，不論是什麼性質的社會，都會有犯罪行為的客觀存在，問題不在於小說，而在於法治，維護法治正是推理小說的一種功能。

我這位朋友是運用這樣一種邏輯來推理的：青少年看了武俠小說，就會上山學道練劍；看了色情小說就變成色情狂，去強姦女人；所以看了推理小說，就會去犯罪作案。我想這種一廂情願的直線式推理是十分幼稚的，為什麼不可以從另一個角度來看推理小說，學偵探如何動腦筋來維護法律與正義呢？

看推理小說起碼有三點好處：

一、有娛樂性，使閱讀者得到消遣，因為推理小說的情節饒有趣味，懸疑性很強，才能吸引人看下去，這點是流行作品共有的特點。但其他流行作品就不一定具備下列兩個特點了。

二、益智性，推理小說可以為讀者提供一些知識，包括科學破案的知識和社會知識，對我們認識社會能夠有所幫助。

三、啟發性，推理小說啟迪讀者的思維方法，如果推理要以事實為根據，就得去調查研究，將收集的材料加以綜合分析，找出結論，看問題才不會一條直線看到底，要看正反兩面，甚至更多方面，這對活躍我們的思維方法和提高思考能力是有幫助的。

以上的兩個特點正是其他流行作品不一定能具備的。看推理小說是讀者和作者鬥智的遊戲，因為好的推理小說都會把線索擺明，問題是讀者往往忽略，如果讀者能比作者更快找到答案，這個讀者的智商就相當高了。

推理偵探小說的特點，就在於推理，運用邏輯推理的分析方法，把一個表面上看起來千頭萬緒、疑竇叢生的問題，或者是一個沒有辦法了解它的發展過程，又沒有辦法預知其必然歸宿的事件，或者是一宗撲朔迷離無從查證的案件，經過邏輯推理與科學分析，一層層抽絲剝繭解除疑難，將其調查個水落石出。總之，面對重重疑團，要逐層逐次地撥開疑雲迷霧，去疑解惑，反覆調查，分析研究，才能排雲驅霧，終至真相大白。這樣去描寫破案過程，情節就會變得引人入勝。推理小說有勸善懲惡和伸張正義的教化功能，閱讀它可以令人有明確的是非觀，它也能鍛煉讀者的思維能力，啟發人去對問題進行深入的調查研究，學習周密的思想方法，培養細緻的分析能力，尋求合理的、正確的結論，實事求是地辦事。《呂氏春秋・疑似篇》裏就有一種說法：“疑似之跡，不可不察。"要分清是與非，更要分清似是而非，透過表面的現象，去尋求探討事物的本質，才能解決矛盾，這是認識人生的一種思想方法。推理偵探小說就是用生動的文學形式，通過人物的活動和曲折離奇的佈局，形象化地教人善於"察疑"，這是有益智和啟發作用的，因此看看偵探推理小說頗有好處。

推理小說有很長的歷史，有人認為早期人類開始講述故事時，就已經在講推理故事了。

古代的文學中已有著推理的故事，例如《聖經》裏希伯萊傳說中關於所羅門王判處爭兒案，就帶有推理的意味。兩個女人爭兒子，都說這個孩子是她的親生子，所羅門王說："把他砍成兩半，一人一半。"聰明的所羅門王的這句話，實際上是一種試探，其中一個女子表示贊成，另一個女人怕孩子被砍死，寧願棄權。所羅門王根據這些表現，加以推理，把兒子判歸表示棄權的女人，理由是這個女人對孩子有著深刻的母愛，寧可忍受失去兒子的痛苦，也不希望兒子會被砍死。所羅門王是以人性為依據來推理，作出了英明的判決。也許隨著西方人到東方，這故事也傳到了中國，於是出現了中國元代李行道雜劇《包待制智勘灰欄記》的審案故事，到了二十世紀，這部元劇又西傳，德國戲劇家布萊希特（Eugen Bertholt Friedrich Brecht, 1898-1956）寫的小說《奧格斯堡灰闌記》和戲劇《高加索灰闌記》（*Der Kaukasische Kreidekreis, 1948* 年首演），顯然是受包公戲的影響，而元代的包公戲也是受所羅門故事的影響，從比較文學的角度來看，這是一個世界各個文化之間互相交流、互相影響和發展的有趣現象，也說明了偵探推理這種故事形式自古已喜聞樂見。

再舉一個古代推理故事的例子，《一千零一夜》有一個小故事，十分有趣，講一個人觀察沙漠路旁的足印，指出不久前有一個人帶著一隻跛了一隻腳、瞎了一隻眼、揹著一皮囊蜜糖的駱駝經過，其他人不相信，進行打賭，追上去一看，果然不錯，以為這人能未卜先知，那人的分析其實只是根據事實判斷出來：足印有一個較輕，這說明其中那一隻腳受了傷跛行；路上有螞蟻，在吃漏出的蜂蜜；而路邊只有一邊的草被吃過，說明駱駝有一隻眼瞎掉。這就是推理，推理是根據事實（伏線）來作出正確的判斷。這是很原始的偵探術。

現代推理小說的情節自然不像古代民間傳說那樣簡單，由於社會的發展，科學的進步，推理偵探術也就複雜得多，必須使用科學的方法進行推理，不能違反科學常理。故此，閱讀推理小說變成一種鍛煉思維能力的頭腦運動。早前外國所作的調查顯示，有百分之三十五的讀者喜歡閱讀推理小說，每年在所有出版的書籍中，推理小說大約佔了四分之一。由於推理小說擁有如此廣大的讀者群，我們當然不應該忽視它，而應該對它進行研究。

　　推理小說在大多數文學評論家的眼中，被當作是一種消閒娛樂性質的作品，不屬於嚴肅的文學。推理小說確實屬於流行小說，並非純文學。縱然這種文學品種的作品中，有些的確難登大雅之堂，低劣粗糙，是迎合市民低級趣味的消遣品；不過也有一些作品具有較高的文學水平，遠好於一般商業化的小說，在揭露社會問題上具有一定的深度。故此，對於推理小說，不應簡單化地一刀切，統統加以否定，而應具體作品具體分析，辨別出高下的差異。事實上，不少著名的嚴肅文學作家，都曾利用這種文學樣式，寫作過表現嚴肅主題的作品。比方狄更斯就寫過偵探小說，毛姆（William Somerset Maugham, 1874-1965）寫過間諜小說，格林（Henry Graham Greene, 1904-1991）更把推理、偵探、間諜都綜合在一起，馬克・吐溫（Mark Twain, 1835-1910）也寫過《湯姆・沙耶偵探案》（*Tom Sawyer, Detective,* 1896），連得過諾貝爾文學獎的福克納（William Cuthbert Faulkner, 1897-1962），也曾嘗試過在這種文學類型中大顯身手。所以，對於推理小說，不應一概加以否定。

　　現代的推理偵探小說，是隨著社會的發展誕生出來的。推理小說的佈局，一般是發生了一宗案件，提出懸案，然後加以偵破。誰來破案呢？由警察或偵探。可是在十九世紀以前，統治者就是法律，警探不過是維護統治者利益的工具，人民是不信任警探的。西方的一些大城市如倫敦、巴黎、紐約，到了十九世紀中葉才成立了由政府控制的警察廳和偵緝機構，警察和偵探才成為人民財產的保護者和社會法律的維持者。偵探小說也是在人民改變了對警探的看法後，才為讀者所接受。在這以前，法國大文豪雨果（Victor-Marie Hugo, 1802-1885）寫的《悲慘世界》（*Les Misérables,* 1862）裏面也出現了像警察夏威這樣的人物，儘管他是法律的代表，卻是讀者所憎嫌的人物。只有到了後來，維護法紀的警探才被讀者視為英雄人物。這種改變，就是產生偵探小說的社會條件。

講到偵探小說，很自然就會想到柯南‧道爾（Sir Arthur Ignatius Conan Doyle, 1859-1930）的"福爾摩斯偵探案"系列（Stories of Sherlock Holmes），這套早期的偵探小說至今仍是廣大讀者愛讀的書，在世界範圍內流傳最廣泛，影響也最深。一般讀者會以為"福爾摩斯偵探案"是最早的偵探推理小說了，這種認識是錯的，因為在柯南‧道爾之前，已有人寫作了偵探推理小說。

最早出現的一部偵探小說，是 1794 年英國作家威廉‧高德溫（William Godwin, 1756-1836）發表的長篇小說《卡列布‧威廉斯》（*Caleb Williams,* 1794），此書又名《事實如此》（*Things as They Are*）。高德溫是一個激進派的無政府主義者，是當時英國激進政治運動的領導人物，他本身是一個哲學家，他的女兒瑪麗‧雪萊（Mary Wollstonecraft Shelley, 1797-1851）嫁給了詩人雪萊（Percy Bysshe Shelley, 1792-1822），她就是寫《科學怪人》（*Frankenstein,* 1818）的女作家。高德溫這本小說原是一本宣傳他的無政府主義政治觀點的宣傳小說，目的是揭露法律和政治制度的不公正。小說描寫一個出身貧寒的青年，發現自己的東家幾年前曾謀殺一個鄰居，而使一個無辜的佃戶和他的兒子蒙上了不白之冤，被處絞刑。這個東家怕秘密洩露，於是對這個青年百般迫害。小說一開始就對追捕這個青年的緊張場面進行了描寫，然後通過倒敘展開情節。這本小說具有謀殺、偵查、追捕等要素，正是後來推理偵探小說慣用的一個模式，所以人們通常把這部並不成功的政治性小說當作偵探推理小說，因為它具有偵探小說的特點，在寫作上也採用了偵探小說的結構。由於高德溫是第一本偵探推理小說的作者，故有人認為他應是推理偵探小說的鼻祖。毫無疑問，《卡列布・威廉斯》是第一本推理偵探小說，但高德溫是否就可以稱為祖師爺呢？還大有商榷之餘地。首先他並不是為了寫推理，只是要揭露法律和政治制度的不公平，所以這部小說中的法律代表者，只是迫害那些無辜青年的工具，並沒有像推理小說中的警探那樣維護法制，而且當時這本小說只在有錢的知識分子間流傳，並不像推理小說那樣為廣大讀者所接受，加上這本小說實際上是並不成功的政治宣傳品，並未引起讀者的興趣。

真正的推理偵探小說，應是 1870 年英國實施教育改革之後出現的，下層人民有了受教育的機會，小說才有了廣大的讀者，加上印刷術的改革，大量廉價小說的出版恰好適應了廣大讀者的購買能力，這使得通俗文學繁榮起來。狄更斯和柯林斯（William Wilkie Collins, 1824-1889）在雜誌上連載發表了很多小說。他們兩個都有資格被當作推理小說的祖師爺，狄更斯在 1841 年發表了《巴納比‧魯德奇》(*Barnaby Rudge, 1841*),這本小說以現實主義的手法描寫了歷史上的一次民眾暴動,狄更斯塑造了一個名叫巴凱特的探長,此人不只對三教九流十分熟悉,而且對盜匪內幕也瞭如指掌。他為人機智勇敢,而且富有同情心,正是狄更斯心目中英國警官的形象。狄更斯在晚年又寫了另一本推理偵探小說,名為《艾德榮‧杜魯德案件》(*The Mystery of Edwin Drood*, 1870),1870 年在雜誌上連載了六期,但沒有寫完,狄更斯就去世了。後來曾有不少人試圖把這部小說續完。所以說,狄更斯也有資格被稱為推理小說的祖師爺。不過,狄更斯在嚴肅文學方面的成就很大,他在寫實小說方面的名氣蓋過了偵探小說,故此很少有人把他的偵探小說當作他的重要作品,甚至不願承認他寫過偵探小說,以免影響了他的聲譽。

差不多是與狄更斯在同一時期活躍於英國文壇的作家威爾基‧柯林斯,寫的《白衣女人》(*The Woman in White*, 1859)和《月亮寶石》(*The Moonstone*, 1868),可以說是比較具有影響力的推理偵探小說,其中塑造了卡夫警官的形象,是第一次成功地在小說中為偵探樹碑立傳。這個卡夫警官以自己的推理方法,偵破了月亮寶石案件之謎,在讀者心目中成為偵探界的英雄人物。據說這個人物並非憑空虛構出來的,他是根據英國警察廳刑事部的一位警探的真人實事，塑造出了卡夫這個有血有肉的偵探。柯林斯之所以會在小說中把一個警探塑造成正面的英雄人物，同當時社會對警察的態度產生了改變有很大的關係，如果在十九世紀初，讀者是不會接受卡夫這人物的，小說中的人物反映了社會現實的進步。人們把創造福爾摩斯的柯南·道爾稱作"英國偵探小說之父"，那麼柯林斯大可被稱為"英國偵探小說之祖父"了。

以上三人都是英國人，偵探推理小說在歐洲興起，這同當時社會制度的變革有關，英國人大多認為偵探推理小說的發明專利權應該屬於他們，不過，美國的愛倫·坡（Edgar Allan Poe, 1809-1949）卻不肯讓英國人專美，他寫的五個偵探推理短篇小說，為日後的推理小說奠定了堅實的基礎。

愛倫·坡是個詩人，也是個小說家，他寫偵探小說彷彿有神來之筆，雖然只有五篇，這五篇卻為現代推理小說定下了基本模式。這五篇小說中，愛倫·坡寫了五種不同的破案方法，例如1841年發表的《莫格街謀殺案》（The Murder in the Rue Morgue, 1841）是密室兇案的最早範例。兇殺案發生在一間門窗都緊鎖的房間裏，兇手怎樣進入密室而不為人發覺呢？很少人注意到即使是密室，也要透空氣，兇手就是從細小的氣窗進入密室的，人是鑽不進這個細小的氣窗的，所以兇手不是人而是一隻猩猩，猩猩就可以從氣窗進出了。愛倫·坡在 1842 年又發表了另一篇偵探小說《瑪麗·羅傑特神秘案件》(*The Mystery of Marie Roget, 1842*),這篇小說是根據文字或口述材料,進行嚴密的推理,加以偵破案件,這為以後的推理方式提供了範例,後來所謂的"坐在安樂椅上的偵探",也就是用這種推理方法破案的。1843 年他發表的《金甲蟲》(*The Gold Bug, 1843*),是破解密碼的故事,這是現代間諜小說經常運用的方法。1844 年發表的《你就是殺人兇手》(*Thou Art the Man, 1844*),當中有誣陷的情節,也有偵查的情節,最後運用死人說話的心理戰術,把兇手逼出來。1845 年發表的《被盜竊的信》(*The Purloined Letter, 1845*)提出了破案的另一種方法,人們往往最容易忽視已經習以為常的東西,明明擺在眼前,也會視若無睹。愛倫·坡不只定下了五種推理小說模式,還創造了一個業餘偵探杜賓,這個人物具有精明的頭腦和靈活的推理能力,成為日後偵探小說人物中的一個先驅。更奇怪的是,愛倫·坡塑造了一個呆頭呆腦、自以為高明的記者,作為偵探的陪襯,這也是開了先例,後來柯南·道爾寫的"福爾摩斯"系列中,就有個華生醫生作陪襯。現代的推理偵探小說極少能超出這五種基本的模式,所以愛倫·坡對現代推理偵探小說的發展貢獻最大,稱他為"推理偵探小說的鼻祖"是恰如其分的。不過,愛倫‧坡絕不肯承認自己是個偵探小說家，他那些小說多是遊戲之作，他萬萬想不到自己開了推理偵探小說的先河，而這種文學樣式現在竟發展得如此聲勢浩大呢。

　　早些年，我在倫敦參觀了大英博物館之後，就到附近的貝克街找尋福爾摩斯的舊居。我拿著地圖慢慢搜索，為的是要找尋貝克街二百二十一號 B 這個門牌。說來有趣，雖然我早知道福爾摩斯和他的助手華生醫生根本不會在當時出現於貝克街這間舊宅，但我仍然懷著去探訪一個老朋友似的心情，前去尋覓。

　　冬季的倫敦，才下午四點就已經日落黃昏，開始天黑了，我在幽暗中終於找到了這間房子。從街上望去，古色古香的房子，窗門已透出燈光。我站在街頭，冥想著當年正在屋裏拉提琴的福爾摩斯，這是他的拿手好戲，他準是隨著自己的思潮起伏，不斷奏出古怪的音樂。

可是，當時這間房子已不是住宅了，而像是一間專門買賣房產貸款的寫字樓，我雖然傻氣，倒還沒有傻到跑進去找福爾摩斯，因為我深知，他只是個小說虛構的人物罷了。

這時，從屋裏走出一個揹著信袋的郵差，他吹著口哨，向我走來，在經過我身邊時側過頭來看了看我，他是個二十來歲的小夥子，向我眨了一下眼睛，打趣問道："你要找誰？找世界上最偉大的偵探福爾摩斯吧？"

我也打趣答道："是的，我從香港不遠千里而來，就是想見見他。這不是很有趣嗎？"

他住了腳，站在路邊跟我聊起來，他說："每天都有不少外國遊客來貝克街觀光，看看這間房子，其實福爾摩斯先生根本不住在這兒。"

我笑道："你以為我不知道他只不過是個小說人物嗎？不過我很年輕時就愛看他的探案故事。"

他說："我也喜歡。說來也怪，至今還有人相信他確有其人呢！"

"真的？"

"我每天都送信來，就有不少是寄給福爾摩斯先生的，聽說這間公司還派了人專門給人回信呢。"

我說："真是令人難以置信啊，這麼看來，世界上並不只有我是傻瓜了。"

他哈哈大笑，提著信袋吹著口哨走路，走了幾步還回過頭來向我揮揮手，這時街燈都亮起來了。

我站在昏黃的街燈下，望著蒼茫暮色中的那間房子，心想說不定突然門一打開，走出一個個子高瘦，叼著煙斗，戴著鴨舌帽，披著斗篷的福爾摩斯來。我相信，在全世界讀者的心中，福爾摩斯都是個活生生存在著的人物，任誰看過他的探案故事，都會永記不忘的。

如果說愛倫‧坡為現代推理小說鑄造了五個模式，打下了這類小說的基礎，那麼，使它名揚天下的，則是英國作家阿瑟‧柯南‧道爾。他創造的這個大偵探福爾摩斯，已成為世界文學中的不朽人物。

1859 年 5 月 22 日，柯南‧道爾出生於蘇格蘭一個頗有藝術淵源的家庭，他的幾個叔父都是著名的插圖畫家和封面設計家，他的父親雖然是個酒鬼，而且精神有病，但也畫得一手好畫。早前英國出版界還發掘出一批他的畫稿，全是花園中的小仙子一類的兒童畫，結集出版，頗得好評。不過這個酒鬼畫家雖有天分，大半生卻被關在精神病院。柯南‧道爾是長子，下有六個弟妹，所以家庭生活相當拮据，使他很年輕時就覺得推卸不掉家庭的重負。

柯南・道爾在愛丁堡大學讀醫科，畢業之後在樸次茅斯（Portsmouth）附近的索思西（Southsea）行醫達十年之久。但是當醫生並不一定就賺得到錢，他的診所門可羅雀，收入僅能維持生活。他無聊之極，開始寫小說，希望賺些外快，於是寫成了《血字的研究》（A Study of Scarlet, 1887），在這部偵探小說中，他塑造出了歇洛克・福爾摩斯和華生醫生的形象。

這部小說最初並不受人重視，他在 1886 年 4 月寫成後，曾投給《康希爾》雜誌，被退了稿，退稿信說此稿 "作為短篇故事太長，但作為一本書卻又太短"。他寄給過另外幾家出版社，都被退了回來，最後有一家出版社總算接納了，給了他二十五英鎊稿費，在《一八八七年比頓聖誕年刊》上發表了它。小說發表後，《利平科特》雜誌的編輯認為這篇小說很好，約柯南・道爾寫一系列福爾摩斯探案的故事。1890 年問世的《四簽名》（The Sign of the Four, 1890）一發表，就大獲成功。1891 年起，柯南・道爾棄醫從文，成為了專業作家。

柯南・道爾的福爾摩斯並非憑空捏造出來的，他以他在愛丁堡大學讀醫時的一個外科教授作樣板。福爾摩斯最令讀者震驚的是他高明的推理技巧，只要把對象看上一眼，就能推斷出他的職業，甚至通過人的眼神和表情也可以推斷出他在想什麼。柯南‧道爾曾說過，這些推理技巧的樣板是愛丁堡大學醫院的外科醫生約瑟夫‧貝爾博士（Dr. Joseph Bell, 1837-1911）。當時貝爾任教授，而柯南‧道爾是他的學生。貝爾對這個年輕學生頗為垂青，曾指派柯南‧道爾做自己的門診部的助診員。貝爾的外貌高瘦，皮膚微黑，有一對銳利無比的灰色眼睛，一個鷹鈎鼻子，他的樣子正和後來柯南‧道爾塑造的福爾摩斯十分相似。

貝爾是個善於觀察和邏輯推理的人，他鼓勵學生對病人觀察並作出正確判斷。例如他曾對一個新來的病人看上幾眼，就對學生說：＂這個人是一個左撇子補鞋匠。＂接著他解釋說：＂你們觀察一下就不難看出，他穿的燈芯絨褲子磨損的地方不正是鞋匠放墊鐵的地方嗎？你們留意一下，右邊褲子比左邊更殘破，他是用左手來敲打皮革的。＂事實證明了他推斷得完全正確。

這是貝爾無數推理的例子之一，年輕的學生深受感動，幾年後他在一本筆記本中寫下：＂衣袖、褲腳、食指和拇指的老繭，任何一樣都可能告訴我們些什麼，這所有的內容綜合起來，要想逃過訓練有素的觀察，那就難以置信了。＂柯南‧道爾就是用貝爾的這種推理方法開始寫作小說，塑造出福爾摩斯這個人物的。

柯南‧道爾成為專業作家之後，首先發表的是《波希米亞醜聞》（A Scandal in Bohemia, 1891），在《海濱》雜誌刊出後，頓時成了讀者談論的中心，特別是中層社會的人，都渴望有一個能為他們伸張正義的英雄出現，這個階層的讀者是最廣大的，他們希望有一個較安定的社會，需要一個能夠保護他們的財產和地位、對破壞社會安定的力量進行懲罰的人物，福爾摩斯這個超人式的偵探，正是他們心目中的英雄，福爾摩斯的出現可以說是隨著社會發展應運而生的產物。

　　不過，柯南‧道爾自己並不熱衷於寫偵探小說，他希望自己能成為一個文藝作家，寫些嚴肅的歷史小說。他曾在寫給母親的一封信中說過：“福爾摩斯把我的心智帶離更好的東西了。”所謂更好的東西是指文藝作品，這也說明了柯南‧道爾雖然一方面寫偵探小說，另一方面卻認為這類作品只不過是流行於市井的作品，沒有永存的價值，他絕對想不到福爾摩斯的成功竟使他躋身文壇名家之林，而他寫的歷史小說早已被人遺忘了。

　　由於小說獲得成功，稿約紛至，《血字的研究》篇幅這麼長只賣得二十五英鎊稿酬，而後來他寫的短篇小說，一篇就能得到三十五英鎊，柯南‧道爾最初打算只寫六個短篇就不再寫了，但雜誌社要求他寫下去，於是他提出苛求，每篇要五十英鎊稿酬，以為這樣可以使編輯知難而退，誰知雜誌社不只同意，而且立即付款，生怕他不肯寫呢。於是柯南‧道爾就開始一組接一組地把福爾摩斯探案的故事寫下去了。

1893 年，他決定不再寫偵探小說了，就在《最後一案》（*The Final Problem*, 1893）中，讓福爾摩斯同敵人莫利亞迪教授搏鬥，從懸崖扭作一團跌落瀑布深淵，戲劇性地死去，結束了福爾摩斯的生命。他寫完了這篇小說時感到如釋重負，曾寫信給一位友人說：〝我已寫了過量的福爾摩斯，其感受一如我曾一度吃了太多鵝肝醬餡餅一樣，直到今天一提起來，仍感到噁心。〞

可是，廣大讀者對福爾摩斯已經如醉如狂，怎肯讓他們崇拜的英雄突然死亡？他們懇求作者寫下去，要求作者把福爾摩斯救活過來，當柯南‧道爾不加理會時，讀者十分氣憤，在報刊和信件中對他進行謾罵和威脅。

柯南‧道爾讓福爾摩斯足足死了八年，最後他構思出另一本福爾摩斯探案的故事，描寫一個被魔犬追逐的家庭慘劇，那就是《巴斯克維爾的獵犬》（*The Hound of the Baskevilles,* 1901），在這本小說中，作者講得很清楚這是福爾摩斯未死之前發生的事，不過這部小說的出版帶給了讀者希望。美國一家出版社在 1903 年向柯南‧道爾提出要求，願以五千美元作為一篇小說的報酬，而英國的雜誌則提出每千字給一百英鎊，柯南‧道爾在這樣高稿酬的引誘下，終於同意續寫福爾摩斯探案的故事，他在小說《空屋》（*The Adventure of the Empty House,* 1903）中，讓福爾摩斯死裏逃生，終於復活過來，自此以後，他再也沒有遺棄福爾摩斯。不過有評論家指出，福爾摩斯復活之後已與跌落懸崖前是判若兩人了。

1929 年，柯南‧道爾的 "福爾摩斯探案全集" 出版，他一共寫了四個長篇和五本短篇，這套 "全集" 成為現代偵探推理的經典之作。1930 年 7 月 7 日，柯南‧道爾去世，但福爾摩斯至今仍活在廣大讀者的心中。

柯南‧道爾創造福爾摩斯這一形象，至今已經一百多年歷史了，但福爾摩斯的魅力仍然不衰，吸引一代又一代的讀者，這不能不歸功於作家在創造人物方面的成功。

"福爾摩斯探案" 的成功，從寫作藝術方面來說，有下面幾個方面：

一、小說結構嚴密，作者在構思與佈局上，每一篇都有曲折離奇、引人入勝的情節，絕不是單線發展，往往是幾條線索互相交織，然後經過推理，逐個給予解決。作者善於使情節高潮迭起，吸引讀者去追尋答案，不忍釋手，這種懸疑手法，正是推理小說的重要特色，只是柯南‧道爾運用得十分熟練精到。

二、福爾摩斯探案的故事同社會生活並沒有脫節,小說中的很多案件,都從多個側面反映了英國社會當時存在的問題。當然,謀財害命、通姦謀殺、行兇肆虐並不是英國社會所特有的,幾乎任何社會都存在這類問題,不過柯南‧道爾反映了當時社會的道德、犯罪以至法律漏洞諸方面的問題,這樣的小說總是以伸張正義為主題,對不道德、不人道的思想行為進行譴責,故此即使現在讀來,仍不失其社會價值。

三、作者善於描寫場面,營造氣氛,把讀者置於一種緊張的環境之中,這正投合讀者追求刺激的閱讀心理,引起讀者的代入感與共鳴。

四、在刻畫、塑造人物方面,作者把福爾摩斯塑造成一個既是科學家又是偵探的超級英雄,但這人物並不是懸空的蒼白形象,而是一個有血有肉也有弱點的人物,他是生活在我們現實生活中的一員。但他具有高超的推理才能,善於調查研究,對破案既熱情洋溢,又認真負責,絕不馬虎。福爾摩斯善於運用科學知識來剖析案情,常常深入虎穴,不怕艱險,因而讀者對他敬服。

總的來說,柯南‧道爾塑造的福爾摩斯是成功的,他的探案在給讀者驚悸和恐怖的刺激之餘,又使他們得到快感與滿足。作為消閑的文學作品,它已達到了相當高的水平。

當然，柯南‧道爾自己並不把"福爾摩斯探案"的系列作品看成具有很高文學價值的作品，可是，讀者至今仍對這些作品十分喜愛，歷久不衰，這正說明它具有相當動人的藝術魅力。

"福爾摩斯"系列雖然只是流行小說，並非純文學作品，但它擁有極廣泛的讀者，在社會上產生了一定的影響。儘管作者自己認為這些作品的文學價值不高，但無可否認的是，它形成了偵探小說這一日後風靡歐美的文學流派。在過去，正統的文學史對柯南‧道爾是不予重視的，但隨著這一文學流派的發展，西方文學史家早已開始對此進行重新評價，在文學史上給予他一定地位了。

我認為對於流行小說應該具體分析，不要一概贊成或一概否定，流行小說也有高低好壞之分，其中好的作品，也必定具有較高的藝術性與社會意義。當年巴爾扎克（Honoré de Balzac, 1799-1850）寫的《人間喜劇》（La Comédie Humaine）也不過是市民文學，並不是純文學作品，但《人間喜劇》是極好的流行小說，現在誰也不會否認它是現實主義文學的經典之作。

關於純文學與流行文學的論爭，我個人的看法是，我不贊成一概否定流行作品，而把純文學當作至高無上的藝術；也反對把文學當成商品，什麼都是文學，連廣告也當成文學。其實這場辯論已經走入歧途，沒有可能求得一個持正的結論，這爭論並無實際的意義。既然不論純文學或流行文學都有高低好壞之分，何必硬要鑽牛角尖呢？要是我們不簡單化地來看問題，對具體作品作具體分析，這可能對文學的討論是有好處的。大可求同存異，不必以我家我派之言，強要他家他派信服。百家爭鳴，百花齊放，文學才能繁榮。

福爾摩斯誕生後，對英美和歐洲的偵探推理小說發展，產生了很大的影響，很多作家都模仿柯南‧道爾，紛紛創作"福爾摩斯"式的偵探小說。

差不多是與柯南‧道爾同一時期，法國出現了一個名叫莫里斯‧勒勃朗（Maurice-Marie-Émile Leblanc, 1864-1941）的作家，他創造出一個跟福爾摩斯同樣有頭腦的強盜，那就是同樣受到全世界廣大讀者歡迎的"俠盜亞森‧羅蘋"。

有些評論者認為"俠盜亞森‧羅蘋"系列不是偵探推理小說，只是驚險小說，不應把它同"福爾摩斯"系列相提並論。但更多的評論家以為從廣義說，亞森‧羅蘋既是俠盜又是偵探，而且善於運用推理，也應屬於偵探推理小說。雖然兩家之言各有道理，但若從實際效果判斷，亞森・羅蘋這個人物已成了家喻戶曉的傳奇英雄，的確是可以與福爾摩斯的藝術形象齊名的。

勒勃朗出生於 1864 年，他的父親是法國諾曼底（Normandie）首府盧昂（Rouen）的一個船主。他自幼受良好教育，曾就讀於高乃依中學，成績優良。

在他少年時代，由於家庭同一些文化人有來往，不少名作家曾是他家的座上客，耳濡目染，使他自幼就有了濃厚的文學興趣。

福樓拜（Gustave Flaubert, 1821-1880）的父親是個醫生，曾為勒勃朗的母親接過生，兩家人來往密切，所以勒勃朗在年輕時，就有機會結識福樓拜這位法國大作家，他曾聆聽過福樓拜講述很多美妙的故事，這對他後來從事寫作是有重要影響的。另一位法國小說名家莫泊桑（Henry-René-Albert-Guy de Maupassant, 1850-1893），也是諾曼底人，同勒勃朗家也有來往。這兩個法國文學界的巨人，對勒勃朗以後的生活與創作活動，都產生過很大的影響，尤其是他們現實主義的態度和浪漫主義的風格，對勒勃朗日後的創作，有著極大的啟發。他後來同左拉（Émile Édouard Charles Antoine Zola, 1840-1902）談話時，就曾強調過自己的創作曾受到福樓拜的《包法利夫人》（*Madame Bovary*, 1856）的啟示。

當他長大後，他父親安排他去當一個工廠主，可是他對工廠的管理並無興趣，經常不理業務，躲在辦公室裏寫東西，這使他的父親非常惱火。他們之間的衝突可想而知，勒勃朗最後表示無法忍受機器的囉囉聲，寧可放棄繼承父輩的職業。他終於跑到巴黎去學法律，他的父輩雖然反對，卻也無可奈何，只好同意了。可是勒勃朗真正的興趣是寫作，1900 年他開始了記者生涯，這份工作使他有機會接觸法國各個階層的生活。這期間他雖然寫過一些作品，包括長、短篇小說和劇本，但都並未引起人們注意，沒有獲得多大成功，不過報館生活時期的練筆，為他後來的創作，打下了一個堅實的基礎。

1907 年，巴黎一個出版商鑒於柯南‧道爾的“福爾摩斯探案”系列很受讀者歡迎，於是想出了個生財的點子，創辦了一份新的雜誌，請勒勃朗為這份月刊寫一部偵探推理的連載小說，講明條件是要勒勃朗塑造一個人物形象，這個人物必須可以同福爾摩斯一較高低，在法國得享福爾摩斯在英國享有的聲譽。換言之，連載小說成功與否，就在於勒勃朗能否寫出與“福爾摩斯探案”系列媲美的、吸引讀者的小說，此乃雜誌成敗的關鍵。這對勒勃朗而言當然是一個富有挑戰性的工作，他欣然答應了。勒勃朗絞盡心思，努力寫作，寫成了第一部《俠盜亞森‧羅蘋》小說，此書刊出後，果然大受讀者歡迎，好評如潮，這大大鼓舞了勒勃朗的創作熱情。這部小說的成功，果然使雜誌站穩了腳跟，出版商立即同勒勃朗簽訂合同，出版這套小說，從此，在勒勃朗筆下，"俠盜亞森・羅蘋"的小說一部接一部面世，果然做到可以同福爾摩斯一爭長短。

在勒勃朗當時的心態而言，也是有一股雄心要與柯南・道爾一較長短的，在他五十多本"俠盜亞森・羅蘋"系列小說中，就有一部是《亞森・羅蘋大戰福爾摩斯》（*Arsène Lupin contre Herlock Sholmès*, 1908），專門安排讓這兩個人物來鬥智一番，雖說各有勝負，卻大大捉弄了福爾摩斯，因為福爾摩斯不如亞森・羅蘋熟悉法國的情況，加上亞森・羅蘋是個俠盜，往往不按常理出牌，使福爾摩斯疲於奔命，不得不對領先的亞森・羅蘋感到佩服。這部小說大大滿足了法國讀者的民族自尊心，亞森・羅蘋被法國讀者視為傳奇式的民族英雄。

俠盜亞森・羅蘋最初是個大盜，但他神出鬼沒，使警方束手無策，後來他成了偵探，最後還當了法國的警察廳長。一個大盜當上了警察廳長，相信只有法國才會出現這樣富有傳奇性的人物，這同法國人的浪漫性格不無關係，在守舊的英國人來看，簡直是不可思議的怪事。

勒勃朗在推理小說史上能夠佔有獨特的地位，很重要的原因是他的小說中充滿了浪漫主義的氣息，但在細節描寫上卻是現實主義的。他塑造的俠盜亞森‧羅蘋，性格上充滿浪漫的氣息，專門行俠仗義，劫富濟貧，為被壓迫和被迫害的老百姓出頭，同高官權貴爭鬥。這種正義化身式的人物，自然為讀者所鍾愛。一般老百姓的心目中，就是盼望有這麼一個扶弱鋤強、助善除惡的俠客出現，在現實生活中得不到的，在小說中得到滿足，使感情得以宣洩。亞森‧羅蘋在人民心目中所獲得的同情與愛戴，甚至超越福爾摩斯呢。

如果說福爾摩斯是維護法律的偵探，那麼亞森‧羅蘋則是反其道而行之的俠盜，兩雄相遇，自然各施各法，在勒勃朗筆下並沒有將福爾摩斯寫成反面人物，同樣把他寫得機智過人。也正因此，兩人的鬥法才更有趣味，若把對手寫成窩囊廢，就顯不出鬥智的必要了。

"俠盜亞森‧羅蘋" 系列有五十多本小說，其中最著名的有《亞森‧羅蘋大戰福爾摩斯》、《藍眼少女》（*La Demoiselle aux yeux verts, 1927*）、《空心針》（*L'Aiguille creuse, 1909*）、《八一三》（*813, 1910*）、《虎牙》（*Les Dents du tigre, 1921*）、《神秘屋》、《水晶瓶塞》（*Le Bouchon de cristal, 1912*）、《三隻眼》、《棺材島》（*L'Île aux trente cercueils, 1919*）等長篇小說，還有短篇結集的《八點鐘》（*Les*

Huit Coups L'horloge, 1923）、《貝內特偵探社》（*L'Agence Barnett et Cie,* 1928）、《亞森‧羅蘋軼事》等，都是膾炙人口的作品。這些作品自面世之後，不斷被搬上舞台和銀幕，至 1972 年為止，已拍過三十多部電影，上世紀七十年代初，還搬上電視，拍了兩套長篇連續電視劇，每套都有十三集。這說明勒勃朗的這套小說，在很長一段時間裏，仍具有生命力。

勒勃朗在小說中，相當真實地反映出法國社會的現實，對於法國官場的黑幕，經常有尖刻的揭露，往往直接或間接暴露出法國社會現實的黑暗，鞭撻那些為富不仁的奸商和草菅人命的酷吏，即使是現在來看，也還有其現實的意義。這同勒勃朗當過記者，有敏銳的眼光，善於觀察，熟悉內幕有關，但也同他的正義感和膽識是分不開的。他的小說是在柯南‧道爾的作品之後，在推理小說上的一個新的里程碑。

法國有勒勃朗的"亞森‧羅蘋"，英國有柯南‧道爾的"福爾摩斯"，一個俠盜一個偵探，在二十世紀初的推理偵探小說中互相輝映，使這種小說有了廣大的群眾基礎，促成了二十世紀二三十年代所謂"黃金時代"的出現。

一般來說，從第一次世界大戰結束到第二次世界大戰爆發，這段時期歷時約二十年，也即是二十世紀二三十年代，是偵探推理小說的"黃金時代"。到底稱之為"黃金時代"是否合適，確實尚待商榷。也許是由於上世紀二十年代末到三十年代初，美國經濟大衰退，波及西歐，廣大的讀者分成兩個大類，一類是拚命讀書，鑽研學問；另一類佔大多數，即喜歡看消遣性的小說，以逃避現實的讀者。這種歷史情況，無疑促使偵探推理小說大量出現，閱讀偵探推理小說已不只是有閑階層的消遣，一般下層階級的讀者也爭相閱讀，這促成英美兩國數以千計的這類讀物在書籍市場上湧現。

可是，這些小說往往是為了適應讀者的口味而創作的粗製濫造之作，質量都並不太高，早期這類小說，沒有一本達到"福爾摩斯"系列或"亞森‧羅蘋"系列的水準，大多是以一些曲折離奇的鬧劇式的情節取勝，語言誇張，可以說是"惡漢小說"，因為小說中的壞蛋，多是些性格乖戾的惡漢，要不就是狡猾多端的外國奸細，而且種族主義的色彩很濃，經常把壞蛋都安排為有色人種，即"劣等"民族的成員，以顯示白種人的自大與優越。這類小說談不上藝術性，毫無文學價值可言，而且思想意識極差，是作者為了賺錢而胡編出來的，劣質得使人無法卒讀，它們往往是作者任意為之，讀來莫名其妙，只求滿足下層讀者捉到壞蛋的願望。

但是，也有一些比較嚴肅的作家，模仿柯南‧道爾的創作方法，把邏輯推理絕對化；而另一些作家則反其道而行之，於是形成了模仿派與反模仿派。

例如亞瑟‧摩理遜（Arthur George Morrison, 1863-1945）創造了一個人物，名叫馬田‧凱威特，他是以福爾摩斯作為模仿對象的，不過面孔和形象卻同福爾摩斯完全不同。美國作家雅克‧富特雷（Jacques Heath Futrelle, 1875-1912）則把福爾摩斯的邏輯推理加以絕對化，走上了極端，在他筆下塑造了一個凡‧杜森教授，完全靠推理破案，綽號是"思想機器"。富特雷在他那本書名為

《思想機器》（*The Thinking Machine,* 1907）的小說中，把凡·杜森教授寫成了一個思想超人，他剛剛學會下棋的原則，就能運用邏輯推理的能力，在三十步棋內打敗世界棋王。作家 A·B·李夫（Arthur Benjamin Reeve, 1880-1936）筆下的警探克萊格·肯尼迪，則是完全用科學方法破案，把科學的推理方法，變成破案的唯一途徑。這一類模仿者是使推理小說走向偵探迷宮的始作俑者。

另一派人則反其道而行之，例如英國寫嚴肅文學的作家柴斯特爾頓（Gilbert Keith Chesterton, 1874-1936），寫了一組"布朗神父探案"，作家本身篤信宗教，他塑造的這個布朗神父竟運用不科學的靈感來破案，他完全不顧物質的線索，也不要推理，只是利用直覺或對罪犯品性的觀察來破案，使偵探小說同推理完全脫節。另一位作家本特里（Edmund Clerihew Bentley, 1875-1956）寫了一本反推理的小說《純特最後一案》（*Trent's Last Case,* 1913），簡直是拿福爾摩斯來開玩笑。純特是一個偵探，他運用邏輯推理破案，每樣事都講證物，十分嚴格，因而經他用邏輯推理破的案是鐵案，絕對推翻不了的，這最後的一案，是他通過精心的推理偵破的，可是小說發展到最後，證實他推理所得的結論雖然完全符合邏輯，卻是絕對錯誤的，造成了一個冤案，從而證明推理破案是無用而有害的。這是一種翻案文章，否定邏輯推理，又走到另一個極端上了。

　　上述兩派作家的創作，毫無疑問是各走極端，而且失去了"福爾摩斯"系列和"亞森‧羅蘋"系列所具有的浪漫主義氣息，漸漸陷入了推理的迷宮。這些小說是脫離現實生活的，同當時的社會情況完全脫節，只進行純推理或反推理，根本不接觸社會現實。上世紀二三十年代的經濟大蕭條，希特勒（Adolf Hitler, 1899-1945）上台，第二次世界大戰前夕那種山雨欲來風滿樓的形勢，在這些小說中是完全不觸及的。

　　1932年英國成立了"偵探小說作家俱樂部"，更把這種純推理的風氣推到頂峰，很多作家商定出寫作推理小說的法則，而S‧S‧范丹（S. S. Van Dine, 1888-1939）所寫的《偵探小說二十準則》（*Twenty Rules for Writing Detective Stories,* 1928）則把這些規律加以條文化和規範化。其實這些準則只是將推理小說定型為一定的格式，對創作並沒有實質性的作用，完全同作品的思想內容沒有關係。充其量也只不過是使作家與讀者在鬥智的比賽遊戲中公平合理一些而已，對偵探推理小說的發展並沒有起多大的推動作用。甚至可以說，使偵探推理小說更加脫離社會現實，而陷進頭腦的競技，走入迷宮式的文字遊戲，變成消閑解悶的玩意兒。儘管如此，在寫作偵探推理小說時，這二十條準則還是有參考價值的。

這一"黃金時期",湧現了一批作家,例如美國的S·S·范丹、艾勒里·奎恩(Ellery Queen)和約翰·狄克遜·卡爾(John Dickson Carr, 1906-1977),他們的偵探推理小說擁有相當廣泛的讀者。英國女作家阿嘉莎·克莉斯蒂(Dame Agatha Mary Clarissa Christie, 1890-1976)也在這個時期建立起了在偵探推理小說界的權威地位。與她齊名的尚有女作家陶洛賽·塞耶斯(Dorothy Leigh Sayers, 1893-1957),她為這一流派增添了新的質素,在她的作品中,安排了吸引人的背景,而更重要的是,她很注重人物性格的刻畫,能像在純文學作品中一樣,使小說的人物性格不斷得到發展。比利時作家西麥農(Georges Joseph Christian Simenon, 1903-1989)的推理小說更是達到了嚴肅文學的水平。

儘管這一批作家寫了不少很精彩的作品,而且在世界推理小說界有相當卓著的聲譽,他們力求把偵探推理小說向嚴肅小說靠攏,也取得了很好的成績,但無可置疑的是,上世紀二三十年代的"黃金時代"中,數以千計的偵探推理小說裏,仍充斥著大量低級無聊的作品,流於智力遊戲,不登大雅之堂,未能提高偵探推理小說在文學上的地位。

附：偵探小說二十準則

偵探小說是一種智力的競賽。作者和讀者鬥智，像玩橋牌一樣，得循規蹈矩，不能使用欺詐的伎倆。他的橋段要新穎獨到，佈局要合情合理，這樣才能吸引讀者，同時使他們輸得心服口服。寫偵探小說有許多規例，這些規例是不成文的，但是很明確，這是每一個稍有自尊和尊重讀者的作家都應該遵從的。

以下我列出二十戒條，乃經驗所得，謹供有志寫偵探小說的朋友參考：

一、作者應該把所有線索交待得一清二楚，使讀者和書中的偵探具有同等的破案機會。

二、讀者所受到的蒙騙應該僅止於罪犯施諸於偵探本身的那些詭計。

三、偵探小說不應該扯上曖昧和愛情，否則就會糾纏不清，使一場純粹智力的競賽複雜化。偵探小說的任務，是把罪犯繩之以法，而不是為了使有情人終成眷屬。

四、犯罪的人不應該是偵探本人，或者是警方幹探中的一員。這是一種欺騙讀者的卑鄙手段。

五、破案要靠邏輯推理，不能憑意外或者巧合。假如是罪犯自首的話，動機應該充分。否則，就有如哄騙讀者去尋寶，到他放棄時，才讓他知道寶藏竟在他的口袋裏。這種玩笑是開不得的。

六、偵探小說當然不能沒有一個查案的偵探。偵探需要搜集蛛絲馬跡，加以分析，最後揭露壞蛋的真正身份。偵探一定要靠分析線索來破案，否則就和小學生偷抄習題答案沒有分別了。

七、罪案一定要是謀殺案。謀殺案越血腥越殘酷，效果就越好。比謀殺案輕微的案件，實在不值得讀者花費精神和時間去翻三百多頁書。美國人愛講人道主義，一宗恐怖的一級謀殺案必定會激起他們的義憤。哪怕是多麼寬厚善良的讀者也不會甘心讓兇手逍遙法外，勢必興致勃勃地投入追查。

八、破案的方法要合情合理。諸如讀心術、扶乩、招靈、看水晶球那類的巫術，乃是偵探小說之禁忌。和讀者鬥智的應該是個凡人。讀者在玄學的第四維空間裏和神仙幽靈鬥法，又豈有得勝的機會呢？

九、進行推理的主人翁只可有一個。假如動用三四個、甚至是一群偵探來思考，不但會分散了讀者的注意力，而且會打亂了本來連貫的思路。讀者不知道和自己鬥智的對手是誰，就會感到格外的困難。再者，讀者要以一敵眾，車輪大戰，會感到疲於奔命。

十、罪魁禍首應該是個舉足輕重的人物。至少應該是讀者所熟識，並曾經引起過興趣的人物。將罪責推到一個從未出現過的人物或者無關痛癢的角色身上，是作者的一種無能的表現。

十一、兇手不可以是僕人、看門、跑腿、侍從、護林人、廚師之類的人，這類人犯下的罪案是不值得寫成書的。否則讀者會覺得白白浪費了時間。兇手最好是個平時絕不會受到嫌疑的重要人物。

十二、謀殺案可以有很多宗，但罪犯只宜有一個。同謀和幫兇是可以有的，但是罪責一定要集中歸咎到一個黑心腸的兇手身上。這樣，讀者的義憤才有宣洩的對象。

十三、在偵探小說中加進黑社會，會把罪責分散，這樣只會糟蹋一宗本來十分精彩的謀殺案。一旦牽涉如黑手黨、劍魔羅剎匪幫之類的黑社會集團，小說實際上已變成驚險小說或警匪小說，不再是偵探推理小說了。罪犯當然要有個機會作公平鬥爭，但讓他有黑社會做靠山就過分了點。一般稍有自尊的高級謀殺犯是不屑與黑幫同流合污的。

十四、犯罪和破案的方法都要合乎科學。換句話來說，假科學和純粹想像出來的殺人方法一定要避免。毒藥要出自《藥典》。"超鐳"之類的新發現原素只存在於作者想像之中，也是不適用於偵探小說的。作者一旦像儒勒·凡爾納（Jules Gabriel Verne, 1828-

1905）那樣妙想天開，就已經是越出了偵探小說的範疇，闖進幻想小說的領域去了。

十五、罪案的真相，在閱讀小說的過程中應該都頗為明顯，瞞不過特別聰敏的讀者。一般的讀者假如在獲悉真相之後把小說再看一遍，他會發覺真相原來一直都擺在他的眼前。一個有如偵探一樣精明的讀者，不用把小說讀到結局就能料到兇手的身份，這樣的讀者實在不乏其人。我有關偵探小說的基本理論中有一條是這樣的：一本構思得合情合理的偵探小說是無法將真相瞞過所有讀者的，總有讀者比作者更敏銳聰明。假若作者把案件和所有線索都交待得清清楚楚，讀者憑著獨立分析，通過淘汰排除和邏輯推理等思考方法，應該可以和偵探同時指出真兇的身份。這就是偵探小說動人之處，也就是那麼多不屑看流行小說的人會毫不臉紅、津津有味地看偵探小說的原因。

十六、偵探小說不宜有大段的描寫和借題發揮，不宜有累贅的人物性格刻畫和氣氛的營造。這些東西只會使情節呆滯，妨礙推理，就像在球賽中間高歌自然之美或者在填字遊戲時大談詞源和綴字學那樣令人討厭。偵探小說是要陳述案情，加以分析，進而得出結論。讀者閱讀偵探小說，追求的不是動人肺腑的抒情、華麗詞藻的描寫，而是緊張刺激的鬥智娛樂。適量的描寫和人物刻畫是需要的，但只要能使故事有真實感，讀者能夠投入，就已經足夠了。

十七、兇手不應該是個職業罪犯。劫匪、鼠摸犯下的兇殺案，由警局兇殺科處理就可以了，用不著動用作家和業餘偵探愛好者。兇手的聲譽越顯赫越妙。道貌岸然的教會支柱、社團棟樑或以樂善好施聞名的獨身富婆乃上佳人選。

十八、假如讀者到最後發覺罪案竟然只是宗自殺案或意外事件，定會大感失望。這樣一個反高潮的結局，實在有負讀者的厚望。讀者不但會向作者討還書價，還會嚴厲懲戒這個作者。

十九、偵探小說裏的謀殺應該出於私人動機。國際大陰謀或間諜之間的殘殺屬於另外一類的小說。謀殺案應有現實感，使讀者能投入，有一個機會去宣洩內心壓抑已久的感情。

二十、我在下面列出十條用舊用濫了的陳舊橋段，任何一個稍有自尊而勇於創新的作者都會不屑採用。

1、偵探憑著比較在案發現場遺留下來的煙頭和疑犯吸的香煙牌子來破案。

2、偵探製造幽靈還魂的假象來恐嚇疑犯，使其露出馬腳。

3、兇犯利用偽造的手指模來欺騙警方。

4、兇犯用假人來製造不在現場證據。

5、偵探憑著狗沒有吠這個現象，揭露潛進的人其實是熟人。

6、真兇原來是無辜被告的孿生兄弟，或長得一模一樣的近親。

7、使用皮下注射器和蒙汗藥。

8、密室謀殺案在警方破門而入之後才發生的。

9、通過測字聯想來破案。

10、憑著弄通一封用密碼寫的信來破案。

　　阿嘉莎・克莉斯蒂是中國讀者熟悉的一位英國當代的女作家，三毛（1943-1991）編的"克莉斯蒂偵探小說全集"（1982）在港台頗有讀者，大陸也出版過不少本她的偵探小說集子，中國讀者對克莉斯蒂是不算陌生的。阿嘉莎・克莉斯蒂在西方被譽為"罪案（小說）女王"，因為她的偵探推理小說幾乎每本都有殺人的情節，故此又有人稱她為"死亡女伯爵"，我想這絕不是過譽。她於1890年9月15日出生，1976年1月12日去世，足足活了八十五歲，她所寫的作品近百本，有推理小說也有劇本，在她從事寫作的五十五年當中，就寫了六十六本偵探推理小說，每年至少出版一本，最多的那年竟出版四本。她還寫了十四本短篇小說集，和超過二十部劇，其中《老鼠夾》（*The Mousetrap,* 1952）一劇創了英國舞台劇史上連續不停上演最久的紀錄。她的作品已售出近四億冊，每週能夠得到的版稅近萬美元。她寫作並不只是為了金錢，她認為寫作能給予別人娛悅就是最大的報酬。她始終弄不清自己有多少稿費，她曾說過她有兩本存摺，她手頭那本總是出現赤字，而另一本她的業務管理人不讓她碰，對她來說這兩本銀行存摺是個解不開的謎團。

當然版稅收入多並不能說明什麼問題，克莉斯蒂的成功在於她對於這種題材的熱愛與執著。她並沒有上過正規的學校，早年喪父，十九世紀英國的女孩子也不時興上學校，母親把她留在身邊，親自教導，最初是讀一些狄更斯的小說給她聽，後來就讓她自己閱讀。阿嘉莎早年讀了大量的狄更斯小說，這對她日後的寫作產生了極大的影響。她曾說過："我是用狄更斯小說哺育大的，我一直以來都愛他而憎恨薩克萊（William Makepeace Thackeray, 1811-1863）。我也愛珍·奧斯婷（Jane Austen, 1775-1817）。誰不是這樣？讀狄更斯的作品你永遠也不能真正講得出小說會走向何方。……《艱難時代》（Hard Times, 1854）是我最喜歡的一本，情節多麼好啊，我還曾試過為它寫電影腳本呢。"

阿嘉莎原姓米勒（Miller），父親是個落籍英國的美國人，母親是個思想頗為開放的人，她認為自己的女兒經她培養，是無所不能的。有一天小阿嘉莎病了，在床上休息，她母親叫她學學寫小說，阿嘉莎說："我不會寫。"她母親說："你會寫的，只要你想寫一定能寫出來。"果然，阿嘉莎寫出了第一篇短篇小說。不過，這篇作品並沒有發表，只是為了自娛，但這卻培養了她寫作的興趣。

至於阿嘉莎為什麼會成為一個偵探小說作家？有兩種講法，一種說她的姐姐逗她說："我敢打賭你不會寫得出一本好的偵探小說。"阿嘉莎不服氣，立即坐下來動筆寫了一本偵探小說，這本小說一炮而紅，使她開始了漫長的寫作道路。這種講法不大可靠，如果阿嘉莎當時只有十六歲，而她姐姐是二十幾歲，打這樣的賭也還可以說得過去，可是當時阿嘉莎已經二十六歲，姐姐已經三十多歲了，難道阿嘉莎還會這麼孩子氣地打賭嗎？另一種講法看來比較合理，阿嘉莎變成一個"罪案（小說）女王"，是自然地發展而成的，按她自己的說法是這樣的："我想，我是想跟別人一樣，樣樣都想嘗試一下，最初我試過寫詩，後來又寫了一個沉悶的劇本，我想，那是部關於亂倫的戲。然後，是一本又長又悶的長篇小說，其中有個別片段寫得不壞，但總體來說寫得相當糟。接著我寫了《別墅奇案》（*The Mysterious Affair at Styles*, 1920）。我讀的偵探小說不是很多，也沒多少可讀的，當然我帶著熱情讀了福爾摩斯，還看過一本從法文譯過來的書，叫《黃室奇案》(*Le Mystère de la chambre jaune,* 1907)〔是嘉斯東·勒魯（Gaston Louis Alfred Leroux, 1868-1927）寫的，他是《歌場魅影》(*The Phantom of the Opera,* 1919)原著的作者。〕，我認為這本書寫得非常好，不過我想現在已經很少有人看它了。"

毫無疑問，阿嘉莎·克莉斯蒂繼承了"福爾摩斯"系列小說的傳統，她創造的人物波洛特（Hercule Poirot），是以當時居住在她家鄉的一個比利時流亡者作為樣板的，波洛特個子矮細，有翹起的彎鬍鬚，其貌不揚，有特殊的潔癖，但卻頭腦機靈。福爾摩斯有個華生醫生，襯托波洛特的則有一個哈斯丁船長，波洛特聰明，而哈斯丁總是慢半拍，讀者可能跟不上波洛特敏銳的思路，但仍會走在哈斯丁前面的。

現在克莉斯蒂的小說很受讀者歡迎，可是當她的第一本偵探小說《別墅奇案》寫出來時，出版商卻對它毫無興趣，它曾被六家出版社退稿，另一間出版社還把它在抽屜裏壓了九個月，最後在 1920 年才由約翰·萊恩出版社出版。

這本小說的出版，吹響了偵探推理小說黃金時代到來的號角。它在佈局上極盡懸疑之能事，卻是完全合乎偵探推理小說的法則的。克莉斯蒂將誤導讀者的技巧完美運用，使讀者的懷疑從一個人物轉到另一個人物，最後罪犯卻是讀者懷疑得最少的人物。雖然情節複雜曲折，但克莉斯蒂的方法仍然是什麼也不掩蓋，把同樣的線索明白地擺在偵探和讀者面前，而且擺得那麼自然，乍一看完全不會引人起疑，但這些伏線在後來卻成為破案的關鍵。這就是所謂"最清白無罪的東西亦足以引起對罪犯的懷疑，窮兇極惡的罪犯卻會表現得清白無罪"。克莉斯蒂在小說中把罪犯的可疑之處都顯眼地擺出來，由於太過可疑，讀者反而往往認為他是無辜的，這種奇妙的誤導方法，正是克莉斯蒂高明之處。她這本處女之作，只印了兩千本，得到的稿費只有二十五英鎊。直到十年之後，它才成為大家爭相閱讀的推理名著。企鵝出版社甚至在1935年把它放進純文學的叢書中出版。繼此書之後，阿嘉莎在很短的幾年內，連續發表了五六本新的偵探推理小說，其中有兩本仍是以波洛特為主角的，另外《棕衣客》（*The Man in the Brown Suit*, 1924）雖然不是以波洛特為主角，但卻是一本很有特色的小說。

克莉斯蒂真正獲得成功，是1926年她發表《羅渣·阿克洛謀殺案》（*The Murder of Roger Ackroyd*, 1926），這無疑是一本傑作，講的是英國農村的一個有錢的紳士，發現被人割斷喉嚨死在書房，於是由波洛特來偵破這件謀殺案。阿嘉莎在這本小說中採用了一種新的手法，用第一人稱來敘述故事，而故事發展到最後，這個敘述者竟是謀殺犯。這種手法引起了評論家的重視，也使阿嘉莎一夜之間成為家喻戶曉的著名作家。

這本使她一舉成名的小說發表後七個月，阿嘉莎的生活發生了很大的變化，首先是她的母親去世，對她的打擊很大，接著是她和丈夫的婚姻發生了觸礁，於是出現"阿嘉莎·克莉斯蒂失蹤"的神秘事件。

阿嘉莎那輛綠色的"摩利士"牌汽車被發現棄置在離她家不遠的斜坡上，車上沒有留下任何線索，她好像是突然從地平線上消失掉了一樣。於是警方出動了五百五十個警探，帶了警犬，加上飛機，還用拖拉機推平了密密的灌木林子，另外召集了一萬五千個志願人員，展開了大規模的搜索。無線電向全國廣播這個女作家失蹤的消息，這可忙壞了蘇格蘭場。連柯南·道爾也參與了調查，他說："她決不是自殺，也沒有證據說明她已經死了，我相信一個月內她會出現。"

她失蹤十二天後，警方接到著名旅遊勝地哈羅門酒店樂隊領班的電話，他說發現了一個女人，很像報紙刊登的失蹤女作家的照片。第二天警方前往調查，發現這個女人果然是阿嘉莎，但在旅店登記時，她用的名字卻是"蒂莎·尼爾"（Tessa Neele），這是阿嘉莎丈夫的情婦的姓名。為什麼阿嘉莎會用丈夫的情婦的名字？這是一個謎。接著有一段時間阿嘉莎患了失憶症，這可能是由於喪母的悲哀和發現丈夫有婚外情而引起的精神崩潰造成的。她療養了半年，才恢復健康。

阿嘉莎和丈夫阿切巴德·克莉斯蒂上校（Colonel Archibald Christie）的婚姻持續了十四年，頭六年適逢第一次世界大戰，他們聚少離多，戰後阿嘉莎的名聲漸盛，而丈夫和她的關係卻越來越疏遠，1928 年他們終於離異。阿嘉莎離婚後仍用克莉斯蒂這個夫家的姓作為寫偵探小說的筆名。兩年後她結識了比她年輕的麥克思·馬洛文教授（Sir Max Mallowan），這次婚姻得到了美滿的結局。馬洛文是倫敦大學西亞考古學者，他們婚後經常到西亞、北非進行考古旅行。阿嘉莎陪同丈夫一起發掘古代遺跡，她也創作出好多本富有異國情調的偵探小說，最著名的有《尼羅河謀殺案》（Death on the Nile, 1937）、《東方列車謀殺案》（Murder on the Orient Express, 1934）、《他們來到巴格達》（They Came to Baghdad, 1951）等。

阿嘉莎寫作的速度甚快，雖然她不善於用打字機打字，只會用三隻手指打字，但她一般寫一本小說用的時間，是六個禮拜到三個月，她未寫之前先把構思想好，一開始寫就進度很快，她說："寫書真正的工作是先想出故事的發展,這事一直令人操心,直到把它寫出來了才能放下心來。"她喜歡泡在浴缸中一邊啃蘋果,一邊構思小說的情節,很多本曲折離奇的小說都是泡在浴缸裏想出來的。

阿嘉莎‧克莉斯蒂作品的特點是摒棄了過去偵探小說黑白分明的是非概念,也不求助於浪漫主義的聳動性,也不採用過於明顯的偵查線索。她的作品幾乎每一篇都有謀殺的場面,但這些場面並沒有對血腥殘暴的行為做過分的渲染,只是藉助偵破謀殺做智力比賽的猜謎遊戲,在這方面克莉斯蒂是箇中老手,她繼承柯南‧道爾的"福爾摩斯探案"系列的傳統,善於設置撲朔迷離的巧妙佈局,加上她本身在兩次大戰中都在醫院服務,對藥劑(特別是毒藥學)頗有研究,所以她喜歡以科學和醫學理論加上心理分析的方法來偵破案件。她曾表示寫這些偵探推理小說並不是為了什麼高貴的目的,只是要娛樂讀者,給閱讀的人帶來滿足的喜悅。故此她的作品不只在佈局上使用了引人入勝的手法,而且經常是疑雲四起,使讀者感到迷惑,因為她往往擺出很多個充滿疑點的人物,造成許多假象,把讀者的注意力引導到錯誤的方向去,最後才來一個出人意表的、令人拍案叫絕的結局。她的作品在結構上是非常嚴密的,暗藏著很多伏線,破綻不多,而她的文風又受到狄更斯小說的影響，遣詞造句相當精巧，耐人尋味，其用心之作，大多夠得上嚴肅文學作品的條件。有人認為她是個文字的魔術師，即使你緊緊盯著她，一點也不放鬆，她也能在你意料不到的時候，變出一樣叫你大吃一驚的東西來。當然，細心的讀者對她的作品加以嚴格推敲，還是能找出一些不合情理的細節的，她的作品不無牽強附會的東西，不過一般讀者早已被她那些曲折離奇的情節吸引，就不會去關心事情的是非曲直了。

阿嘉莎一生寫了上百本書，除了六十本偵探推理小說外，還有很多短篇小說，十幾個劇本，另外她用瑪莉・威斯馬科特（Mary Westmacott）的筆名寫過六本不是偵探小說的長篇愛情小說，還用阿嘉莎・克莉斯蒂・馬洛文（Agatha Christie Mallowan）這個名字發表了兩本給兒童看的讀物。

前面提到過克莉斯蒂的名劇《老鼠夾》，那部劇的創作緣起是很有趣的一件事。原來克莉斯蒂寫的偵探推理小說擁有極多讀者，法國前總統戴高樂（Charles André Joseph Marie de Gaulle, 1890-1970）就是個“克莉斯蒂小說迷”，英國前首相威爾遜（James Harold Wilson, 1916-1995）也十分喜歡她的作品，英國的大學教授不論老中青，都曾公開承認欣賞她的小說。最妙的是英國的皇太后瑪麗（Mary of Teck, 1867-1953）就是一個“克莉斯蒂小說迷”。

在瑪麗皇太后八十歲生日時，英國 BBC 電台為了慶祝她八十華誕，問她喜歡什麼節目，她竟提出：「請播出一部阿嘉莎‧克莉斯蒂的偵探小說廣播劇吧。」於是克莉斯蒂為此寫了《三隻盲老鼠》（*Three Blind Mice*, 1948 年首演）一劇，題目用了一句英國的童謠，播出之後大受歡迎，於是克莉斯蒂把這廣播劇改成舞台劇，原本打算上演半年，誰知從 1952 年 11 月 5 日上演後，一直演了六十多年，打破了英國舞台劇不停上演最久的紀錄。

她的丈夫馬洛文因學術的成就被封為爵士，阿嘉莎也就成了爵士夫人，但她自己亦被選為英國皇家文學會的會員，後來又被英女皇封為 "O.B.E"，以偵探小說作家的身份得此殊榮，除柯南‧道爾外，就是阿嘉莎‧克莉斯蒂了。

克莉斯蒂在世界各國也擁有大量的讀者，有人曾作過統計，她的偵探推理小說已翻譯成超過一百零三種外國文字的譯本，比莎士比亞作品的外文譯本，還要多出十六種語言呢。

阿嘉莎‧克莉斯蒂在世界偵探推理小說史上無疑佔有一席重要的地位，她被稱為罪案小說女王是當之無愧的。

荷里活拍過很多部"陳查禮"電影，過去的很多影評都認為
"陳查禮"電影是"辱華影片"。主要根據是：一、扮演"陳查禮"
一角的演員是外國演員，其化裝之醜惡令人作嘔，肥頭大耳，留
八字鬍，完全像個清朝官員的僵屍模樣；二、中國人在美國作警
探，為美國政府服務；三、把華僑描寫成留豬尾辮子，專門為非
作歹，都是黑社會的人物。這些影片大多是粗製濫造之作。

荷里活拍這些電影是否蓄意"辱華"？抑或影評因政治因素
而偏激呢？這兒不準備討論了，我只想談談"陳查禮探案"這套
書。為了看看這些小說是否"辱華"，我特地買了一套六本的"陳
查禮探案全集"，花了一個星期，一口氣把它們看完了。我得出的
結論是：它們是很好的偵探小說，不但有一定的文學價值，而且

也反映了二十世紀初美國的社會現實，在某些層面揭露了"天堂"裏的黑暗。它們絕不是"辱華"的小說，或者可以說，它們歌頌了中國人的智慧。

陳查禮當然只是作家筆下的人物，並非實有其人。在小說中他是夏威夷檀香山警局一個地位不高的探長，個頭並沒有很高大，是個中年人，象牙色的黃皮膚，稍微有點兒胖，面孔英俊，沉默時被形容為活像一尊佛像。

綜觀全集六本，沒有一句是描寫他留有八字鬍子的，和電影中那個怪模樣完全不同。毫無疑問，他是在美國長大的，在美國受教育，入籍美國成為一個美國公民，是個"美籍華裔"。他曾在夏威夷一個有錢人喬丹的家中當過聽差，後來通過自學，不只在那個家族的老主人薩萊遇到危難時拯救了他，而且還當上了夏威夷警局的探長。他溫文爾雅，使用的英語是十分講究的，絕不是粗俗的市井美語，這顯示出他有很高的文化素養。陳查禮承認自己受美國生活方式的影響頗深，中國人把他當作美國人，而美國人把他當作中國人，這使他內心深感痛苦。不過，陳查禮受中國文化的影響是很深的，他不只會講一口廣東話，而且同美國人談話時，還經常引用中國的典故與成語，顯示出他在中國文化方面的素養，也表現出中國人的思維方法。在粗俗的美國人中，他顯得充滿了智慧雋思。他沉著、冷靜、謙遜而不裝模作樣，富於幽默感，是個討人喜歡的警探。

這套小說的作者是美國作家厄耳‧狄爾‧畢格斯（Earl Derr Biggers, 1884-1933），他是美國俄亥俄州（State of Ohio）人，1907年畢業於哈佛大學。曾在報界任職，當過記者和編輯，編過劇本，也寫過劇評，但並不成功，直到1913年寫了"陳查禮探案"的第一本《幕後秘密》（Behind That Curtain, 1928），才一舉成名。這套小說以陳查禮為每一本小說的主人公，是連續性的，但每本能夠單獨成為一個案件，又有其獨立性。

這六本小說全部都是先在美國《星期六郵報》（Saturday Evening Post）上連載，接著就出版單行本。此書甚受讀者歡迎，很快就被譯成了十多國文字。美國的劇場很快就把這些探案，改編成舞台劇演出，荷里活片商見觀眾喜愛陳查禮，於是拍了一大堆"陳查禮電影"，但這些電影和原著之間出入甚大。

畢格斯在1933年因心臟病突然去世，他只留下了六本"陳查禮探案"，其中包括有《幕後秘密》、《百樂門血案》（Charlie Chan Carries On, 1930）、《夜光錶》（The House Without a Key, 1925）、《黑駱駝》（The Black Camel, 1929）、《歌女之死》（Keeper of the Keys, 1932）和《鸚鵡聲》（The Chinese Parrot, 1926）。畢格斯死時才

四十九歲，正當盛年，要是他不早逝，將會寫出更多精彩的探案故事，可惜的是他突然死去，再也不會有新的"陳查禮探案"問世了。

在美國立國後的多個歷史時期裏，華工都曾貢獻出力量，可是由於某些種族主義者，歧視有色人種，所以在很長的一段時間裏，華人是生活在美國社會底層的。白種人把華人視為低等民族，抱有成見，認為華人的性格都是刁鑽陰險的。由於不了解而產生恐懼，由於恐懼而產生仇視。據說作家畢格斯在當記者時，曾耳聞目睹這種白人歧視華人的事實，並且認為這種思想是錯誤的，他在想怎樣才能消除這種錯誤的觀念呢？畢格斯塑造了陳查禮這個美籍華人探長的形象，希望讀者通過這些小說，能了解東方人，以糾正白人的成見。畢格斯用心良苦，但他的小說能否達到這個目的呢？一種社會成見是不可能因為一本小說而改變過來的，只有時代的進步才能使人的思想改變。現在美籍華人的地位已同過去不同，但並不是說美國的種族歧視就已絕跡了。

畢格斯塑造的陳查禮，可以說是個典型的美籍華人，他雖然身在美國，卻沒有忘記自己的根是在中國。他對待白人不卑不亢，如在《百樂門血案》中，他曾說過："我們中國人在貴國常不被人尊重，他們說我們不是洗衣服的就是做廚師。貴國常自尊自豪，以為是世上最民主的國家。對不起，這是我的見解，似乎在其他國家就沒有這種歧視東方人的情形。"在談到中國時，他曾無限感慨地說："我多年沒有回國了，還是在幼年的時候回去過，那時候中國是很太平的。中國這幾年來，內亂頻仍，真是天災人禍，交相侵逼，情形是今非昔比了。"從以上這兩段頗為含蓄的話裏，可以看得到陳查禮仍以身為炎黃子孫而自豪，有著強烈的民族自尊心，對中國仍懷有真切的感情。在《歌女之死》中，他對回國的老華工說："我羨慕你，你將再到出身之處的街上躑躅，你將挑選你自己的葬地。"對中國這個出生之地的懷念，落葉歸根的思想，不正是海外華人的真實感情嗎？每當他受到白人無禮的侮辱，特別是輕侮他是中國人時，他必定加以反擊。他沉得住氣，以鋒利的語言反駁歧視中國人的錯誤觀念。

在陳查禮身上，集中了東方人那種和藹可親、溫柔敦厚的品質，這是他經常引用的"四書五經"中的那些先賢教導培育出來的，這是中國傳統禮教在他身上根深蒂固的影響。他經常強調耐心，這同美國人那種易於衝動，毛毛躁躁的性格形成了極鮮明的對比，如《幕後秘密》中舊金山警長佛蘭奈，就是美國人冒失急躁輕浮性格的典型，作者更藉此襯托出陳查禮的冷靜、耐心和沉著。具有耐性，並不是說事事忍讓，陳查禮嫉惡如仇，是個很有正義感的血性男子，他既有溫情的一面，又具有剛毅不拔、堅持同罪犯周旋到底的性格，不只是機智勇敢，而且具有極精密的分析推理的頭腦。他重視科學的偵探方法，但不迷信科技，他更重視的是對人性的解剖。

在畢格斯筆下的中國人除了陳查禮外，值得一提的是《歌女之死》中的老僕人阿星，這個年老的中國工人，在美國工作了幾十年，對待那個自己帶大的主人，愛護如自己兒子，雖然被主人無理毆打，只是埋怨說：「太不應該！」卻仍愛之如故，甚至代主人受罪揹黑鍋。這個好心腸的老華人是很典型的，不正是中國式義僕的形象嗎？在《鸚鵡聲》中，另一個義僕型的華人王魯益，也是一個犧牲者，被白人歹徒所殺害。王魯益十分善良，從他對鸚鵡的態度就知道他是個和善可親的中國人，但白人歹徒為了殺人滅口，怕他識破內幕，很殘酷地把他刺殺掉了。除了這兩個人物外、六本「陳查禮探案」中，就只有很少幾個次要人物是中國人了，如陳查禮的堂兄、棒球選手，還有一個童子軍，這些人物都不是拖條豬尾巴的中國人，而是新時代的美籍華人。至於陳查禮的家庭，他那溫柔善良的妻子和十一個兒女，雖然作者著墨不多，但都寫得很有性格，特別是他的兒女，是在美國長大的，認為陳查禮的思想是老土的，這跟現代年輕一代美國華人的思想很接近，讀來令人感到真實，而且有時代氣息。總的來說，在畢格斯筆下，沒有一個中國人是歹徒。

恰恰相反，在這些探案過程中，陳查禮活動在白人社會中，揭露了不少上流社會的黑幕。《幕後秘密》通過偵破蘇格蘭場副探長被謀殺的案件，從而把上流社會中自私醜惡的一面暴露無遺，扯開了黑幕，把幕後見不得人的東西全都揭露出來。《歌女之死》中，一個曾嫁過四個男子的女演唱家被槍殺，而殺人兇手竟把罪名嫁禍在中國老工人阿星身上，這是多麼卑鄙醜惡的人性啊。《夜光錶》同樣是富貴人家為財產而謀財害命的故事，這些財產也是通過販賣黑奴聚積來的髒錢。在畢格斯筆下的美國白人中，有善良的人，有真誠的人，他則以熱情的筆觸去描寫；但對那些無惡不作的匪徒，對那些兇殘狡猾的罪犯，他則給以無情的揭發與鞭撻。在這些作品中，白人的罪犯，都被陳查禮加以無情的揭露、剖析，作者在刻畫人性的醜惡和歌頌人性的真善美時，都是不遺餘力的。

畢格斯雖然只留下六本"陳查禮探案"，但每本都佈局精密，疑雲四起，往往有幾條交錯的線索，最後經過陳查禮抽絲剝繭，直至案情大白。讀者往往不易猜得出兇手是誰，直到最後，經陳查禮掃清迷霧，令兇手受縛，才拍案叫絕。

我認為"陳查禮探案"系列是不可多得的推理小說。陳查禮是不帶武器的，全憑鬥智取勝。而且這些小說亦涉及社會現實，帶有時代的印記，反映了二十世紀初美國社會的種種情態，可以說是為美國那些反映社會現實的偵探推理小說的發展，打下了一個良好的基礎。

　　"陳查禮探案"系列無疑在世界偵探小說史中，佔有一個重要的席位，雖然這套小說是由一個美國作家寫的，但他所創作的那位夏威夷華人探長，形象高大，既具有機敏聰慧的才智，又有著中國人溫柔敦厚的品格，在他活動的西方社會場景中，很多西方人在他面前形如畸型的侏儒。可是過去中國人對這套小說並沒有作深入的研究，大多根據荷里活拍攝的四十多部"陳查禮探案"系列電影作判斷，這些電影都是粗製濫造的流行電影，人們對原著反而忽視了，把電影中全部由外國演員化裝扮演塑造出來的形象，當作是陳查禮的標準造型，因而評論界有人視之為"辱華影片"。我相信這同作者畢格斯的原意相去十萬八千里，他恰恰是要讚揚中國人，才塑造出陳查禮，以正西方人的偏見，絕無種族歧視之意。

倒是有一個英國作家寫了很多侮辱華人的偵探小說，也拍成了電影，卻從未有人嚴正地提出過批評。早些年，在電視又一次看到播放一部《傅滿洲的面孔》（*The Face of Fu Manchu*, 1965），引起了我的注意，開始搜集有關這位作者的著作和資料，我以為有必要揭露其面目。

傅滿洲何許人也？這純屬是小說家虛構出來以宣傳"黃禍"恐懼病的反面人物。在這一系列的小說中，傅滿洲這個中國人，被描寫為一個世界上最邪惡的犯罪大師，他是一個極端聰明的天才，有數不清的財富，又是個會秘術魔力的超級惡棍，他一切活動的目的是征服全世界。

創作這個人物形象的英國作家薩克斯·羅默爾（Sax Rohmer, 1883-1959），原名是亞瑟·亨利·薩斯菲爾德·華德（Arthur Henry Sarsfield Ward）。他是個多產的流行小說作家，但他寫的東西至今還留存下來的，就只有"傅滿洲"系列的罪案小說了，其他早已被歷史淘汰，至於"傅滿洲"則還被某些人認為有反華的利用價值，相信將來也會被廣大讀者遺忘掉的。

羅默爾出生在英國伯明翰市（Birmingham），他的父親是個愛爾蘭人，是個勤奮工作的文員，但他的母親卻是一個酗酒的女人，丈夫辛辛苦苦賺來的錢，全填到她酗酒的無底洞去了，結果搞到家無寧日。這個女酒鬼經常神智不清，胡言亂語，幻想自己是十七世紀愛爾蘭一位著名大將柏特力克·薩斯菲爾德的後代。所以羅默爾的姓氏中就加上了這個名字，是他十八歲成年時母親硬給他加上的，他也接受了，當然他跟那位大將的家系完全沒有一點兒關係。到了 1910 年，羅默爾在妻子的催促下，開始用薩克斯·羅默爾這個筆名發表小說，以後他乾脆不用原來的姓名，在平日也用羅默爾這名字活動，最後就以羅默爾這個筆名作為自己的姓名了。不過，這個筆名也還有一點原來姓名的尾巴，"薩克斯"（Sax）可能是從"薩斯菲爾德"轉化而來，可見他的母親對他有著很深的影響。

羅默爾對上學讀書毫無興趣，他只是斷斷續續地在學校讀過點書，後來乾脆不再上學。不過他閱讀的範圍卻很廣，廣泛涉獵古埃及學和邪術的書籍。當他成人之後，也是自由散漫成性，要他坐下來工作幾個鐘頭實在困難，所以他沒有一份工是幹得長的，沒幹多久就自動辭職不幹了。最後，他決定要從事寫作，不過他寫的東西經常被原封退回，他可能是有點自虐狂，將退稿信貼在牆上，當作牆紙。他曾說過："為了要貼滿房間所有的牆紙，我曾將同一稿件，再三寄給同一雜誌，不過在第三次他們便把它丟掉，不再退稿了。"

　　由於他對各種未知的事很有興趣，他參加了不少邪教活動，他早期的小說大多集中於寫迷信、魔法和東方神秘，主要是以古代埃及為題材。

　　這些迷信、神秘小說，讀者自然不會感興趣，所以退稿頻繁。他會時來運轉是由於上世紀初的一份報紙，想調查報導倫敦唐人街的石室，派他去寫一篇報導。當時唐人街有不少華僑，多是在中國活不下去，離鄉背井到異國謀生，成千上萬聚居於唐人街。英國人對唐人街心生疑懼，又不了解實情，即使是白天，白種人也不敢輕易進入這個華人聚居的地方，認為是法外之地。羅默爾接受了這個任務，潛入唐人街探聽情況，他在夜晚到唐人街去活動了幾個月，找尋一個名叫"京先生"（Mr. King）的人物，據說這個京先生是該地區犯罪分子的大阿哥。京先生確有其人，他很有錢，也很有勢力，其財路主要是靠開賭檔和走私毒品，當然也統領黑社會的勢力，他是很多堂口的首領。不過這位京先生從來沒有被檢控過，警方也查不到他和任何罪案有關，甚至他是否存在，也成為疑問。報紙就是想報導是否有這麼一個人物。羅默爾在一個大霧的夜晚，見到了京先生，由於他只是從遠處望見，自以為那人是京先生吧，他說那京先生長著一副使人吃驚的面孔，簡直是魔王化身。當然，他寫的報導並無多大價值，不過他有了這次經驗，就開始寫小說，將京先生當作模特兒，創造出一個魔鬼博士傅滿洲。在他的《黃色魔爪》（*The Yellow Claw*, 1915）和《毒品》（*Dope*, 1919）這兩本小說中，都提到了"京先生"，後來政府採取行動清查石室和取締毒品走私，倒參考了這些小說，不過真正的"京先生"始終沒有露面。

羅默爾開始創作傅滿洲的罪案小說，正是投合當時西方政府所提倡的"黃禍"之說。在清代末期，北方的義和團運動，雖然是以失敗告終，但對西方帝國主義者卻是一次相當厲害的打擊，使他們認識到中國人是不會任由宰割的，義和團起義由於清廷的出賣和外國軍隊的殘酷鎮壓而失敗了，但中國人民所顯示的力量，使西方國家產生了一種恐懼，於是炮製出"黃禍"之說來，旨在挑撥煽動西方不了解實情的人們仇視中國人。這種種族仇視一方面反映了他們內心的虛弱，同時也反映出帝國主義者的野心。

羅默爾是一個機會主義者，他看準了這個時機，就炮製出傅滿洲這個東方罪魁，寫成流行小說，以配合"黃禍"說，在反華排華活動中推波助瀾。這次文學的投機使他成名了。

他筆下的這個傅滿洲，據他說是一個滿清貴族，一心想做統治全世界的皇帝，他是一個殘酷無情的魔君，不擇手段以達目的。

傅滿洲並不只是個封建魔君，他曾長期生活在歐洲，並曾經在三間著名的西方大學得到博士學位，精通醫學、藥學、化學、物理，而且他所精通的很多知識還是西方人不懂得的。除此之外，他對東方很多邪術魔法，也十分在行。他統領著亞洲很多黑社會的堂口，而且是東方各國秘密組織的頭子，不論是日本的殺手、印度的土匪、緬甸的強盜，還是安南的毒販、西藏的喇嘛、蒙古的馬幫，全都聽令於他，他說的話，是不可違背的。

傅滿洲的形象，是個高大瘦削的中年男人，面貌輪廓線條很鮮明，長著兩撇下垂的八字鬍，他瘦削但卻精力過人，光滑的腦袋上戴著一頂黑色的帽子，身上經常穿一件黃袍，有時穿繡著銀色孔雀的黑袍。他的八字鬍，西方人名之為“傅滿洲鬍鬚”，不過傅滿洲經常化裝，鬍子是剃掉的，這位善於喬裝打扮的易容大師，沒有理由留下兩撇極易被人識破的鬍子。他的一對眼睛，才是他相貌上最突出的特徵，兩眼修長，有吸引力，黑中帶綠，有如貓眼。他的目光銳利，人說“不見其人先聞其聲”，傅滿洲是“不見其人先覺其目光”，可知其目光之犀利。

羅默爾曾發表過文章，說他在剛創造了傅滿洲這個人物之後，有過一次不尋常的經歷。他說有一晚半夜，傅滿洲突然出現在他的臥室，對他發出警告道：“我，傅滿洲，定將征服全世界，我將走向勝利，如果你吹牛皮說創造了我，那我告訴你吧，當你化作灰燼之時，我將仍然活在人間。"這種講法當然是十分荒謬的，根本就沒有傅滿洲這個人，怎麼可能突然出現在他的睡房裏呢？這不過是羅默爾的一種自我宣傳手法，全是說夢話一樣，瞎編出來的。

羅默爾在這一系列的傅滿洲小說中，是把這個犯罪魔王作為反面人物描寫的，他創造了一個丹尼斯·納蘭·史密斯爵士作為傅滿洲的對手。史密斯爵士和他的同伴皮特里醫生，以他們的能力來說，根本不是傅滿洲的敵手，不過他們同蘇格蘭場的警探有著某種含糊曖昧的關係，史密斯正是因為經常與傅滿洲作對，揭破傅滿洲的陰謀而被封爵的。他自己也承認他並無什麼絕頂的才智，配不起這榮譽。他在同傅滿洲的鬥爭中，經常被逼得走投無路，生命經常受到致命的威脅，如果不走運的話，是難逃一死的。而能夠很多次逃出生天，完全是靠傅滿洲的一個美麗的女奴卡拉馬妮（Kâramanèh）搭救，後來她更成了皮特里的妻子。

羅默爾最初寫傅滿洲是在 1912 年，這正是辛亥革命成功的第二年，此書為《傅滿洲博士的玄秘》（*The Mystery of Dr. Fu-Manchu*, 1913），1913 年在英美兩國出版，羅默爾對清朝政府並不仇恨，相反，他故意把傅滿洲說成是被推翻的清朝王室的後代，是個貴族，而以蔑視的態度把中國革命視為群氓作亂。毫無疑問，羅默爾是一個種族主義者，他的作品反映了當時英國帝國主義的反動觀點。在《偵探小說百科全書》（1976）中也說道："指控羅默爾為一個種族主義者是難以駁倒的。除非把他寫作的時代也計算在內，一般的英國人在第二次世界大戰前極少見過東方人，維多利亞時代那種白人種族優異的態度恰好反映了英國政府的觀念，'神秘的東方'和'陰險的東方人'之種種傳聞，由於宣傳，被當作理所當然。華僑的出現，他們所持有的與西方社會完全不同的態度與觀念，也使英國人產生疑慮，所以羅默爾自然反映了當時一般英國人的觀點。"西方某部分文人所持的這種觀點，在第二次世界大戰時有所收斂，因為中國也是對抗法西斯的盟國。在流行小說中醜化中國人的風氣稍為收斂，把中國人說成是犯罪魔王已不再為讀者接受。從上世紀三十年代開始，英國就拍了很多傅滿洲影片，到第二次世界大戰後，曾一度停拍，可是到了 1965年，又掀起了一次新的高潮，把傅滿洲的醜惡形象再次捧出來，由英國恐怖明星基斯杜化·李（Sir Christopher Frank Carandini Lee, 1922-2015）扮演傅滿洲，拍了五六部彩色片，最後一部是 1969年拍的《傅滿洲之古堡》（*The Castle of Fu Manchu*, 1969），全是英國出品。不要忘記，這時正是中國"文化大革命"期間，英國製片家拍這些影片是有他們的目的性的。

羅默爾寫這些傅滿洲小說，一共寫了十六部，其中兩部是他死後出版的，羅默爾死於 1959 年，而這兩部"遺著"是在 1970 年和 1973 年出版的。這也很能夠說明羅默爾的小說是為政治服務的。

傅滿洲並不是始終同西方社會對抗的，他在後期也曾暫時放棄征服全球，而同西方國家的政府聯手，對付共產主義的威脅，那就不只是辱華反華，而是反共了。

到了上世紀五十年代，羅默爾所寫的傅滿洲小說，《傅滿洲重新登場》（*Re-Enter Fu Manchu*, 1957）和《傅滿洲大帝》（*Emperor Fu Manchu*, 1959），更是針對新中國的共產黨政權，表現出作者對中國的仇恨，這已經不是種族偏見那麼簡單了。

綜觀羅默爾一生，寫了很多作品，理應帶來大量財富，可是他的大部分生活卻並不富裕，因為此人很不會理財，一收到版稅，就和太太亂花一頓，花光之後又揹一身債，陷入半飢餓狀態。他的頭一個經理人是個無賴，騙了他十五年的版稅。後期在 1955 年，他另一次經濟出問題，使本應得到的四百萬美元電影版稅，只拿到八千美元，這次失誤促成了他的死亡，當時他和妻子住在紐約一間細小而沒有暖氣的公寓裏，窮得連坐的士出庭打官司的錢都沒有。

他的妻子露斯·依利沙伯·諾克思（Rose Elizabeth [Knox] Ward 1886-1979），也是一個活寶，她原來是娛樂圈子的人，1905年和羅默爾認識，四年後結婚，他們之間雖然有過若干次危機，但總算沒有離異，一起生活了五十多年。羅默爾長得倒還英俊，有過不少次婚外情，這些艷遇很容易就被妻子發現，因為他的情信到處亂扔，妻子是個醋婆娘，因而同他鬧得天翻地覆。羅默爾被弄得煩躁不堪，她把他鎖在一間房裏，不准到外邊去，他就乖乖地寫東西，據說這種大吵大鬧時的狠惡心情，正適合他去寫那些惡毒的小說。他雖然多產，但往往不重視交稿時間，臨到雜誌編輯來催稿，才動筆寫作，由於他的生活混亂而無節制，有錢就亂花，所以經常缺錢，故此寫得很濫。不過，奇怪的是，他寫得很細心，而且反覆修改潤飾，寫作時常在房間裏神經質地踱來踱去，找尋合適的詞句。他除了十六本傅滿洲小說外，還寫了三十八本其他的小說，有偵探小說，有幻想小說，有迷信魔怪小說，但其中也有不少是污衊中國人的，如《金蠍子》（The Golden Scorpion, 1919）、《黃色魔影》（Yellow Shadows, 1925）、短篇集《唐人街故事》（Tales of Chinatown, 1922）等。

羅默爾作品的藝術性是不高的，充其量也只是市井流行的小說，不過由於他的傅滿洲小說多次拍成電影，所以在西方世界產生了一定的影響。現在人們大多只知道他創造出來的傅滿洲這個邪惡的人物，很多人已經遺忘了羅默爾這個流行小說家，相信今後在東西方文化交流日益頻繁，西方人對東方人有了更深入的了解後，傅滿洲小說就會被當成無稽之談而拋棄掉的。人們再也不會因為偏見和歧視而相信有這麼一個混世魔王。同時也會識破"黃禍"說的政治欺騙性質。

在西方偵探推理小說的黃金時代，大批作家寫作這類作品，但往往流於形式，脫離現實，極少接觸社會，美國有幾個作家卻另闢途徑，發展出一種硬漢派（Hard-boiled school）的偵探小說。他們不滿足於偵探推理小說被框定在僵死的形式主義之中，力求作品在內容與形式上有所突破，能在某種程度上反映現實生活，向真正的文學靠攏。事實上，在這些硬漢派偵探小說的優秀之作中，有一些已躋身於嚴肅文學之列。

提到硬漢，很自然使人想到上世紀四五十年代的美國演員堪富利‧保加（Humphrey Deforest Bogart, 1899-1957），他確實是美國硬漢的形像，玩世不恭而帶一點憂鬱，說幹就幹，富有正義感，他在《北非諜影》（Casablanca, 1942）中扮演的力奇，正是充滿美國硬漢性格的迷人魅力。在推理小說中的所謂硬漢，是指小說中的偵探是個血性男子，為了偵破案件，除了運用機智的推理外，還籍助於拳頭和手槍，全是硬派作風。雖然在這些小說中充滿了槍戰和格鬥的場面，但並不流於宣揚暴力與色情，重要的是它們反映了當時的社會現實。這批硬漢派的作家都是有正義感的作者，對社會上的黑暗敢於大膽揭露，不要以為這類硬漢派小說就像"拳頭加枕頭"那類電影，其實它們很多都是嚴肅的作品。

在這群美國硬漢派作家中，最傑出的代表人物是雷蒙德·昌德勒（Raymond thornton Chandler, 1888-1959）和達謝爾·哈梅特（Samuel Dashiell Hammett, 1894-1961），他們的成就已遠遠超出了偵探小說的範疇，其作品已成為很有特色的嚴肅文學作品。如果以年齡論，昌德勒比哈梅特年長，但哈梅特開始寫作則較昌德勒早，他的作品和創作風格對昌德勒曾產生過影響。

哈梅特 1894 年出生於美國馬里蘭州，家庭貧苦，十三歲就失學，到鐵路去打工，之後他幹過很多種職業，二十歲時曾在一家偵探社當私家偵探。這些經歷使他接觸了美國社會很多層面。1921 年他一面當私家偵探，一面業餘寫小說，1923 年 10 月用筆名發表了一個短篇小說《我犯放火罪……》，開始其文學生涯。他的成名之作《血腥的收穫》（*Red Harvest*, 1929）在 1929 年發表，引起文藝界的震動，這部長篇小說描寫了荒廢的礦山工人以血還血的暴力抗爭，反映了美國經濟大衰退的現實，相當具有深度。

哈梅特的小說大多是以罪案和腐敗的社會現象為材料，他本身也是個有經驗的偵探，他的作品卻得到了不少著名文學作家的讚許，例如安德列・紀德（André Paul Guillaume Gide, 1869-1951）和羅拔・格雷夫斯（Robert von Ranke Graves, 1895-1985）就對哈梅特的作品給以了很高的評價。哈梅特的作品除了《血腥的收穫》外，著名的還有《達因的詛咒》（*The Dain Curse,* 1929）、《馬爾他黑鷹》（*The Mattese Falcon,* 1930）和《玻璃鎖匙》（*The Glass Key,* 1931）。由於哈梅特從事電影編劇，他的《馬爾他黑鷹》和《瘦個子》（*The Thin Man,* 1934）拍成電影，使他的小說流傳更廣。

第二次世界大戰爆發，哈梅特已經四十八歲，1942 年仍志願從軍，在美國陸軍通訊部隊工作，表現出一個反法西斯戰士捍衛民主自由的熱情。可是戰後麥卡錫主義猖獗一時，1951 年哈梅特被牽連於一個團體，這團體中有四人是美共成員，非美活動調查委員會要哈梅特作證，他認為在道義上不能做這種違反人權的勾當，拒絕作證，被麥卡錫（Joseph Raymond McCarthy, 1908-1957）以侮慢法庭入罪，判監六個月，從此受到美國文壇的排斥。哈梅特是個硬漢，寧願入獄也不肯誣害無辜。哈梅特的晚年是不幸的，但他所寫的作品，由於敢於無情地揭露現實，具有很大的感染力，這種充滿陽剛血性的小說，至今仍受到廣大的讀者歡迎，它們的光輝仍有增無減。他的作品的特色是文體粗獷、精煉、簡潔，具有一種令人驚奇的優雅。

昌德勒比哈梅特晚開始寫作，他是個愛爾蘭裔的美國人，出生在美國伊利諾斯州（State of Illinois），由於父母離婚，母親帶他返回英國，在英國讀書。他叔父要他畢業後當公務員，昌德勒曾到巴黎和德國留學了一年，還參加海軍服役。但是昌德勒喜歡文學，無法捨棄當作家的夢想，當了六個月海軍就辭職不幹，去當記者。二十三歲那年，他向叔父借了五百英鎊，橫渡大西洋回美國去，在船上結識了石油大亨倫·羅德，後來就在石油公司工作，任高級職員。

昌德勒的婚姻也是件怪事，他三十六歲那年，同一個比他大十八歲的五十三歲的女人思思結婚，這個女人本是洛杉磯名人之妻，與丈夫離婚後同昌德勒正式結婚。這樣的婚姻當然是不持久的，結果昌德勒因同一個女秘書有婚外情，工作也經常缺勤而被革職。在離婚後，他的石油大亨朋友羅德每月接濟他一百美元，讓他從事寫作。他四十五歲才開始其寫作生涯。

他塑造了一個叫菲立浦·馬洛的偵探形象，1939 年，他的處女作《長眠不醒》(*The Big Sleep,* 1939)一發表,立即受到好評,其後他發表了二十多篇中短篇小說和八本長篇小說,奠定了他在推理小說界的地位,其中著名的作品除《長眠不醒》外,還有《小妹妹》(*The Little Sister,* 1949)、《永別》(*The Long Goodbye,* 1953)等。昌德勒走的路子很接近哈梅特,他也承認自己受哈梅特的影響。他的小說文筆流暢,帶有隨筆式的抒情味道,最重要的是他一反古典推理那種脫離現實的作風,他的推理小說很重視反映社會現實,他並不像某些作家對上流階級腐化頹廢的生活甘之如飴,而是大膽深刻地加以批評揭露。馬洛生活在這個充滿污穢的社會,生活並不富裕,卻不肯同流合污,反而憤世嫉俗,寧可漂泊無定,他那種帶有傷感情愫的男性形象,反而具有很大的藝術魅力。

昌德勒和哈梅特對現代偵探推理小說的貢獻,是他們把罪案放回到現實中去,跳出了沙龍式的推理遊戲,回到大街上去。他們創造的偵探,正如昌德勒在其散文《謀殺的簡單藝術》(*The Simple Art of Murder,* 1944)中所說的,是"一個完全的男子漢和平凡的男人",同時又是"一個有自尊的人",他"決不拿不名譽的髒錢,有仇必報,以牙還牙"。他並不是個料事如神的超人,相反,他為了追查罪案,往往身入虎穴,陷於窘境,甚至被歹徒毒打,被警察怨恨,這正是現實生活中會發生的。他有點玩世不恭,甚至對自己也充滿嘲諷，不過他那種不屈不撓的頑強鬥志，足以說明他是個硬骨頭，他從不阿諛權貴，不出賣原則，對於官場的黑暗和腐朽的社會感到憤怒與厭惡，這也反映了作者自身對現實社會的基本態度。

昌德勒的寫作特點是結構精細，往往一案套一案，即所謂案中有案，使人讀來感到波濤起伏，情節複雜，但多條線索最終歸結在一起。他的文字很好，語言生動是他作品的特色，尤其是對白，帶有美國人特有的味道。

總的來說，從哈梅特和昌德勒開始的這一派硬漢派推理小說，是很有生活氣息的，反映了美國上世紀二三十年代經濟大衰退時期的社會現實和人生百態，讀來使人感到一股魄力。他們開闢了推理小說的新路，可惜的是英美作家卻沒有很好的繼承這道路，反而走向色情暴力，倒是日本的新派推理小說作家走上了反映現實的道路。

　　英美兩國的偵探小說，在兩次世界大戰期間蓬勃發展。但正因為受到讀者歡迎，書商基於供求的關係，出版了大量粗製濫造的作品，其中不少充滿了色情、血腥和暴力的因素。這些作品並沒有走克莉斯蒂那種"推理遊戲"的路線，也沒有繼承昌德勒、哈梅特那種反映現實的傳統，而發展成以極端兇殘的暴力或色情，來刺激讀者的感官。其中一些兇殺和毆鬥的場面，誇張得近似虐待狂，而且加插不少黃色的描寫，把原來偵探小說以暴露社會黑暗為核心的優秀傳統完全拋棄掉了，致使偵探小說成為庸俗讀物，談不上文學性，充其量只是一些流行的通俗小說，難登大雅之堂。英國的占士·夏德禮·蔡斯（James Hadley Chase, 1906-1985）和美國的米奇·史皮藍（Mickey Spillane, 1918-2006）是這一類宣揚暴力色情的偵探小說家的代表。於是，偵探推理小說向著兩個不同的方向發展，一個方向就是迎合市場需要，走向低俗；另一個方向是向純文學靠攏，極力提高偵探推理小說的文學水平，使它們成為真正的嚴肅文學作品。

除了英美兩國之外，西歐也出現同樣的情況，一些偵探小說作家，在極力把偵探小說提高到嚴肅文學作品的水平。這些作家中之佼佼者，是比利時作家西麥農和瑞士作家杜倫馬特（Friedrich Dürrenmatt, 1921-1990），他們兩個既是嚴肅的文學作家，也寫了十分成功的偵探小說。但是，這兩位名家所走的道路，也不盡相同，各有特色，他們既寫嚴肅的文學作品，也寫偵探小說，故而其作品成為當代西歐偵探推理作品的經典。

大家都知道，瑞士是個中立國，兩次世界大戰都沒有波及到這個山明水秀的國家。在瑞士有很多人是講德語的，弗里德利希‧杜倫馬特就是一個以德語寫作的作家。杜倫馬特是以戲劇成名之後才開始寫偵探小說，在一般的文學辭典中，都把他當作當代瑞士著名的戲劇家。但他除了寫戲劇外，還寫了不少文學評論，而他的偵探小說，由於風格獨特，自成一格，格外被人們推崇。要了解杜倫馬特的偵探小說，不能不回顧他的創作道路。

杜倫馬特 1921 年 1 月 5 日出生於瑞士伯爾尼的科諾爾豐根

（Konolfingen）鎮，他的父親是一個教會的牧師。他早年曾學習美術和建築，但卻中途放棄，改學神學和哲學，也許由於他出生於一個有堅定宗教信仰的家庭，再加上讀過神學和哲學，在他日後的作品中，帶有相當強烈的道德觀念。他並沒有讀完大學，就離開了學校，二十四歲就開始以寫作謀生了，曾在蘇黎世的《世界週報》當過記者，寫過劇評，還當過美術和劇評編輯。他開始寫作時，正是第二次世界大戰結束，德國成為戰敗國之後。經過這次戰爭，德國文化備受希特勒法西斯主義的摧殘，德國在戰後時期具有創造性的作家不多，而杜倫馬特作為一個瑞士籍德裔作家，既避免了同戰爭發生關係，又能從另一個更中立的角度來觀察戰後世界的情景。他用德語寫作，不只在瑞士有讀者，在瑞士以外也有讀者。

1947 年對杜倫馬特來說，是很重要的一年，他的第一個劇本《立此存照》（*Es steht geschrieben, 1947*）發表，同時他跟女演員露蒂・基思勒結了婚，從此他走上了一條新的生活道路。《立此存照》是一部描寫一個教徒，為了信仰而寧可拋棄財產和家庭的戲，取材於十六世紀明斯特（Münster）的一件歷史軼事。這部戲上演即獲得了成功，自此之後，杜倫馬特成為專業作家，集中力量於戲劇寫作，他為舞台和電台寫了不少劇本。

使他在國際劇壇上獲得聲譽的劇本是 1952 年的《密西西比先生的婚姻》（*Die Ehe des Herrn Mississippi, 1952*），但使他成為國際著名戲劇作家的作品則是 1956 年的《老婦還鄉》（*Der Besuch der alten Dame,* 1956 年首演），這部劇描寫一個女石油大亨在離家四十五年後衣錦還鄉，對那個在她十七歲時曾誘姦她，迫使她淪為妓女的男子進行報復。她用金錢收買了全城的人，讓他們站到她的一邊，徹底孤立那個男子，逼得那男子走投無路。杜倫馬特運用具有強烈戲劇效果的"悲喜劇"手法，揭露出資本主義世界金錢萬能的現象，這部作品是頗為深刻的。他的《物理學家》（*Die Physiker,* 1962 年首演）更進一步奠定了他在世界文壇上的地位，這部戲描寫了三個物理學家，基於不同的原因，自願裝瘋躲進瘋人院去。有一個天才物理學家發明了一種萬能原理，生怕被政治家用來毀滅人類文明，美蘇兩國的特務也裝瘋住進了瘋人院，企圖竊取這一發明。但這個發明早被瘋人院的女院長竊走，準備用來統治全世界。這個天才發明家是劇中的正面人物，但他逃避政治的願望只是空想，他不希望人類文明被毀滅，但他的發明卻恰恰是對於人類文明而言最具危險性的存在。這部劇上演後，已成為西方劇壇的保留劇目。

這幾部戲是他眾多劇本中的代表作，哲理性很強，雖然他是個牧師的兒子，他的劇本中卻很少有基督教的樂觀主義精神，他把人物放在極端的情況中，迫使我們去認識生活是非個人的和極端殘酷的，即使是神也不能改變人類的生存情況，例如他在1953年發表的《天使來到巴比倫》（*Ein Engel kommt nach Babylon,* 1953），就是極具諷刺性的例子，因為天使帶來的不是和平，而是一柄利劍，所經之處，民不聊生。不過，杜倫馬特的作品絕不是失敗主義的，不管要表達的信息是何等令人心驚，他始終堅持要勇敢地面對殘酷的人生，人必須站起來反抗生活的壓迫。

了解了杜倫馬特戲劇的創作思想，我們對他創作的偵探小說，就容易理出一條頭緒了。他用"悲喜劇"來反映社會人生，揭露悲劇性的社會問題。他的偵探小說所走的路子，同樣也是反映社會現實的。

他有一句名言："描寫犯罪問題是研究現代社會唯一的有效方法，而這種小說是最好的文藝形式。"這句話講得似乎太絕對化了，研究現代社會的有效方法很多，寫偵探小說未必是唯一的有效方法，說成是唯一的，未免過激。不過，這話自有其道理，偵探小說確實是研究現代社會的一種有效方法，因為現實社會中的確存在著很多罪惡，通過偵探小說來挖掘社會罪惡的根源，往往比政治經濟學教科書更能深入人心，換句話說，更加有效。

杜倫馬特最著名的偵探小說有《法官和他的劊子手》(*Der Richter und sein Henker,* 1951) 和《諾言》(*Das Versprechen,* 1958)。

　　《法官和他的劊子手》是他創作的第一本偵探小說，相當深刻地揭露了社會的冷酷無情和法律的不公正，從而顯示出資本主義法制的虛偽性，及其在道德上的破產，這本小說的情節真實而有說服力，頗有黑色幽默的風格。《諾言》是杜倫馬特偵探小說的代表作，它有一個副標題，是"用犯罪小說寫的安魂曲"，這本小說塑造了一個有正義感的警務人員馬泰依中尉的形象，從外表看來，他是一個冷酷無情、鐵石心腸的執法者，但他實際上是一個血性男兒，富有同情心，在執法時總是"公事公辦"，不講情面，所以人們背後說他是"死心眼的馬泰依"。結果他得罪了不少人，在警界落落寡合。可是，在他五十歲，處於事業頂峰的時候，為了伸張正義，他為無辜受屈的人平反，竟然放棄了自己錦繡前程，想盡辦法去緝拿兇手歸案。他的這種正義的行為非但得不到社會的理解，反倒被人認為是瘋狂的行為，不單不支持他，而且還給他打擊。年復一年，他終因未能破案，弄得身敗名裂，無法在社會立足，結果成為了一個悲劇。但是在結局時，作者卻筆鋒一轉，事實終於證明馬泰依的推斷是正確的，從而更加強了這個人物的悲劇色彩。

一般來說，偵探小說的內容是偵探追捕兇手，經過科學的邏輯推理，將兇手緝捕歸案，繩之於法，讀者讀到這種結局，感情得以宣洩而滿足。可是，杜倫馬特的偵探小說卻脫出一般偵探小說的窠臼，偵探的推理是正確的，但因為種種客觀的條件和因素，非但不能破案，反而弄出身敗名裂的悲劇，這完全是突破了偵探小說的常規。令人扼腕長嘆的是，事實證明這個偵探是正確的，為什麼主持正義反而被認為是怪癖行徑，不為社會所容呢？為什麼馬泰依這個唐吉訶德式的英雄人物這麼引人同情，在他身上又帶著這樣的悲劇性？這很自然會使讀完小說的讀者深思反省，難道馬泰依的遭遇僅僅是他個人的偶然命運嗎？還是一個是非顛倒的、令人震驚的社會現象？在這位瑞士名家的筆下，一個兇殺故事也變成了具有強烈道德力量和深刻哲理意義的優秀文學作品。杜倫馬特向我們證明了，以偵探推理小說這種文學形式，也可以寫出優秀的、嚴肅的文學作品，問題是作者對待生活的態度和描寫人生的方法，以及藝術技巧的高低了。

　　一個偵探小說作家能夠成為比利時皇家文學院院士，實在是世上罕見。一般的偵探小說多被視為流行小說，最多也被稱為通俗文學作品，是難登大雅之堂的，可是西麥農卻突破了這一界限，他取得的成就是罕見的。

喬治·西麥農是西歐當代最著名的犯罪心理分析小說作家，1903 年 2 月 13 日出生於比利時的列日市（Liége），父母是比利時人和法國人。他十六歲開始在出生地的《列日新聞》（*Gazette de Liége*）當了三年記者，專寫法院訴訟、當地政治和軍事的新聞報道，1920 年發表了第一本小說《在阿什橋上》（*Au Pont des Arches, 1920*），用的名字是喬治·西姆（Georges Sim）。十九歲那年，他離開列日，到了巴黎，開始寫流行小說，一寫就寫了七年，這段時間的作品都不足為觀，但對於形成他自己的小說風格，起了練筆的作用。1930 年他開始寫作 "半文學" 作品，也就是他著名的 "麥格雷探案" 系列，成功地塑造了當代最有性格的警長形象。他不單以偵探小說聞名於世，又同時寫作嚴肅的小說，直到 1972 年他宣佈封筆為止，共寫了好幾百部小說，其中有八十二部是 "麥格雷探案"。他寫作十分勤快，被公認為多產作家，有人曾勸他不要寫那麼多那麼快，他的答覆是："我並不是為了多產而拚命寫，而是因為我肚子裏實在有很多材料，要是慢慢寫，就寫不完這些東西，與其慢慢寫，倒不如快寫多寫，何必浪費掉時間呢？也許，將來我的小說會全部被人揚棄，但我自信有十來本 '麥格雷探案' 是會留存下來的。"

　　西麥農經常用十一天不間斷的寫作，來完成一本小說，他每次開始寫作和完成之後，都做一次體檢，看看自己"消耗"得怎樣。他在動筆之前，通常會翻電話簿，選取人物姓名，然後在一個信封上記下設想的人物性格和外貌的特徵。一般來說，他寫得很快，一天能寫一章，每寫一章就在日曆上劃去一個工作日，並按計劃完成整本小說。當他寫作時，可以完全投入到小說的世界中，對人物的內心活動十分了解，而且同人物一起緊張痛苦，將自己置於極大的心理壓力之下。"麥格雷探案"的寫作常常使他的血壓起很大變化，要是他半途病倒超過一天，他會把已寫出來的全部內容捨棄不要。《巴黎評論》曾訪問過他，他在回答問題時曾說，他用"喬治·西姆"這個名字寫的小說有一百五十本，用其他筆名寫的有三百五十本。在另一處他又說過，在二十歲到三十歲這個階段中，他曾用過十六個筆名，寫了約兩百本流行小說，至於後來他曾有兩年時間，每個月寫兩本"麥格雷探案"。他第一本"麥格雷探案"是在他三十歲時寫的，當時他生活在他的一艘名叫"奧斯特羅戈特"的帆船遊艇上。他曾說過，他通常心裏都有兩三個題目要寫，一般在寫作前他會用兩天時間集中思考，然後才動筆，他隨身常帶著城市地圖，所以能把發生的事物寫得十分準確，地點也一點不錯。

　　事實上，西麥農寫的"麥格雷探案"，都是成功之作，深受讀者歡迎，讀者對這個人物十分喜愛，甚至在西麥農小說中設想的麥格雷探長的出生地，建立了這個虛構人物的銅像，以作紀念。

西麥農的偵探小說被認為具有較高的文學價值，因為他的偵探小說與一般的偵探小說相比，無論在結構還是風格上都是不同的。他用現實主義的手法來安排小說的情節，在人物描寫上著重性格的刻畫，在他的作品中，人物、背景，甚至天氣的變化，天晴或下雨，都同整個小說的情節融合成一體。更重要的一點是他不會引導讀者去尋求"誰犯罪"，而是探求"為什麼犯罪"；不單是去追捕罪犯，還要探究犯罪的因果關係。

在他筆下，麥格雷探長並不是個英俊小生，而是個上了年紀，四五十歲的中年人，身材魁偉，個頭高大，甚至有點臃腫。他經常披著一件舊雨衣，口中叼著煙斗，奔走在巴黎的大街小巷，經常在塞納河畔的新大橋酒家喝酒吃飯，他像個很平凡的巴黎人。麥格雷不同於昌德勒筆下的馬洛，他並不是動不動就拔手槍揮拳頭的那類硬漢，有時也會情緒低沉，愁眉苦臉，不是一個智慧高人一等的、料事如神的超級英雄，只是一個行動緩慢，富有同情心的警探。不過，他善於思索，也善於等待，有時甚至會耍些小聰明，靠偶然的機緣來解圍。他深得部屬的熱愛，能令手下的便衣密探為他出生入死，但對上級，特別是檢察官、法官、部長、署長，都表現得不卑不亢，這顯現出他是個很有性格的人物，這種具有強烈而獨特個性的形象在偵探小說中是罕見的。

在麥格雷辦的形形色色的案件中，他十分著重於分析犯罪的主客觀因素，這些案件並不像克莉斯蒂的小說那樣離奇古怪，西麥農並不會以聳人聽聞的謀殺來取悅讀者，即使有些案件情節離奇，人物精神狀態反常，他也是將這一切安排在真實可信的環境和背景之中，讀來十分自然，使讀者如置身其中一般。

西麥農十分注重寫法國的現實環境，在他的小說中，展現出法國生活的圖景，使讀者如真實地聽到巴黎大街的喧囂、聞到法國小鎮的泥土氣息一般，加上他描寫法國人民，特別是中下層人民平凡而真實的生活，使讀者時刻都能感受到現實生活的真情實景，感受到乏味而沉悶的灰暗色彩、貧困的重壓，以及個人無助的孤獨感。

西麥農筆下的罪犯，雖然也有些是資產階級的富人，但大多是出身貧賤的小資產者，他著重描寫貧困生活重壓下人的心理活動，揭示出在金錢利害中人與人之間關係的變化，作者對這些“命運的犧牲者”是抱著同情的。他著重於寫人類犯罪的心理活動，這在西方偵探小說中確實是獨樹一幟，使讀者時刻都能感覺到法國中下層人物的脈搏。

由於西麥農在戰後，曾在美國居住了十年，他的麥格雷也曾在美國"大展拳腳"，如《麥格雷在紐約》（*Maigret à New York*, 1946）。但是西麥農並不只是寫偵探小說，也寫了大量的嚴肅小說，在他的"麥格雷探案"旁邊，並排放著的有寫得十分出色的嚴肅作品，如《厄運的磁石》（*L' Aîné des Ferchaux*, 1945）、《熱情行為》（*Lettre à mon juge*, 1947）、《紅光》（*Feux rouges*, 1953）、《艾弗頓的錶匠》（*L' Horloger d' Everton*, 1954）。而他最負盛名的小說是《雪是髒的》（*La Neige était sale*, 1948）和《出身名門》（*Pedigrée*, 1948）。

《雪是髒的》可以說是他的嚴肅小說的代表作，描寫在納粹的統治下，一個青年如何在環境的影響下日漸墮落，甚至想摧殘真心愛他的一個純潔無邪的少女，在他的內心經歷了一場極其艱巨的正邪矛盾之後，終於在現實的教育下有所悔悟。

簡而言之，西麥農的小說大多是將人物放在危機重重的環境中，任由他在悲劇的狂潮中飄泊，他十分成功地將人們的偽裝一層層撕下來，在氣氛的營造和性格的刻畫上，達到爐火純青的境界。他的偵探小說和嚴肅小說都達到了很高的文學水準，故而受到文學界推崇。

從 1973 年他宣佈封筆後，他便不再寫小說了，晚年他居住在瑞士洛桑（Lausanne），發表了好幾本回憶錄。這個多產作家出版的“全集”，竟達七十二卷之巨呢，可以稱之為西歐文壇的一個怪傑。

間諜小說就其本質而言，也是推理小說，可以說是由推理小說的冒險鬥智流派發展出來的一個分支。

偵探推理小說在發展的過程中，逐漸形成了一種基本的寫作模式，它就是：

罪案→偵查→推理→破案。

簡而言之，偵探推理小說主要是描寫偵探和罪犯的鬥智活動。首先是罪犯作案，然後是偵探登場，展開一場曲折離奇的智力搏鬥，也即是經過偵探進行推理偵查，最後偵破罪案。

最嚴重的罪案大概是謀殺，但罪犯殺人不外乎出於個人動機，其活動的場景也很少超出日常的社會生活。

社會生活隨著時代發展在起變化，二十世紀初，國際形勢風雲變幻，導致了第一次世界大戰，各國都捲進了戰爭的血潮。戰爭乃是政治鬥爭的延續，這在推理小說的發展中注入了新的內容，那就是間諜小說的產生。

我們說間諜小說也是推理小說，因為其寫作模式是從推理小說脫胎出來的：

間諜→反間諜→鬥智→破案。

間諜活動的罪案，其動機已同一般罪案不同，不是出於個人動機，而有更大的動機，間諜作案要麼是為了國家利益，出於民族情緒，要麼是為了某個政治集團的利害。間諜小說表演的舞台也擴大了很多，不只局限於日常社會生活，而且是一種隱蔽的戰爭，以國際舞台來演出種種驚險的情節，各種勢力龐大的國際集團都會被捲進這個複雜的鬥爭中去。間諜小說的背景更複雜，情節自然比一般的偵探小說曲折得多，故此也更加吸引讀者。

從偵探小說演化出間諜小說，乃是二十世紀國際間日益複雜的政治鬥爭在文學上的反映，它是國際間黑暗勢力對立矛盾的產物。早在十九世紀末，在柯南‧道爾的"福爾摩斯探案"系列中，甚至在莫里斯‧勒勃朗的"俠盜亞森‧羅蘋"系列中，都已有某些篇章牽涉到間諜活動的內容，這與歐洲的政治鬥爭日益變得錯綜複雜是分不開的。他們在偵探驚險作品中反映出這種在隱蔽中進行的政治較量，間諜題材的出現就不奇怪了。但是，他們的主要力量並不放在間諜題材上，更側重的還是偵探推理，間諜題材只是偶爾淺嚐而已，並不是典型的，西方的間諜小說實際上是在第一次世界大戰前後才出現。

據說西方第一本間諜小說是 1903 年問世的，名叫《沙之謎》（*The Riddle of the Sands,* 1903），作者是在第一次世界大戰中曾擔任英國情報官的歐斯金‧柴爾德斯（Robert Erskine Childers, 1870-1922）。這本小說寫得並不出色，不過首先把間諜鬥爭寫成小說，還屬他為最早。

在第一次世界大戰爆發後，英國的民族情緒很強烈，很多作家都開始寫間諜題材的小說，但這些作品大多只是些三流的驚險小說，儘管情節曲折離奇，但內容總不外是外國間諜都是壞蛋，幹盡壞事，最後被一網打盡。這些作者大多持極右的觀點，偏激的民族主義情緒，忠奸分明，也很簡單化，實不足以反映間諜鬥爭的真實情況。所以大戰之後，這些作品也就煙消雲散，湮沒在故紙堆，無人問津了。

間諜小說能超越這些三流驚險作品的泛濫濁流，留存下來，成為英國的嚴肅文學的，只有一本《三十九步》（*The Thirty-nine Steps,* 1915）。作者約翰‧布坎（John Buchan, 1875-1940）是個多才多藝的人。布坎於 1875 年 8 月 26 日出生，是蘇格蘭人，早年在格拉斯哥大學讀書，1898 年獲紐狄基獎，1907 年曾與人合夥組成納爾遜父子出版社，第一次世界大戰時曾任情報官，1927 年至 1935 年他作為蘇格蘭各大學的代表擔任下議院議員，1935 年任加拿大總督，被封為貴族。他一生著述甚多，他既是一個歷史學家，傳記作家、又是一個驚險小說作家。他著有《大戰史》（*Nelson's History of the War*）二十四卷，寫過司各脫（Duns Scotus, 1265-1308）、凱撒（Gaius Julius Caesar, B.C. 100-B.C. 44）、克倫威爾（Oliver Cromwell, 1599-1658）、奧古斯都（Imperator Caesar Divi filius Augustus, B.C. 63-A.D. 14）等人的評傳。他還寫過二十六本小說，但真正留存下來成為經典之作、具有持久魅力的，只有一本《三十九步》，這是他的第七本小說，發表於 1915 年。他一生著述甚豐，1940 年 2 月 11 日在加拿大滿地可（Montréal）去世，他最後一本小說《傷心河》（*Sick Heart River, 1941*），在他死後第二年才出版。

布坎的間諜小說是寫實的，儘管充滿了浪漫主義色彩，有緊張追捕的驚險情節，卻還是以現實主義的手法，寫出了國際情報戰的黑幕。《三十九步》描寫的是一個從南非回到英國的青年漢利，由於過慣了平凡乏味的生活，希望尋求刺激。同屋一個與國際秘密情報有關的男人來敲他的門，請求幫助，結果這個人被謀殺了，於是漢利就被捲進了一個國際陰謀的漩渦裏，處於警方和間諜之間的夾縫中間，兩邊都追殺他，最後經歷了很多驚險，揭破了陰謀的黑幕。現在看《三十九步》仍會覺得驚心動魄，這正是這本小說高出那些荒唐怪誕的間諜小說的地方，這本小說被認為是"捲進漩渦型"的間諜小說的元祖，對以後間諜小說的創作，產生了相當重大的影響。在他筆下，間諜陰謀活動並不是什麼光彩的事，是見不得人的。跟隨這一傳統，在《三十九步》發表十三年後，毛姆發表了《秘密情報員》(*Ashenden, 1927*)，據說在第一次世界大戰期間毛姆曾在瑞士當過間諜，至於搞過些什麼間諜活動，則無人知曉，人們認為《秘密情報員》是他根據自身經驗寫成的。布坎開始的寫實間諜小說的路子，後來由毛姆、安布勒 (Eric Clifford Ambler, 1909-1998)、格蘭姆·格林和勒卡雷 (John le Carré,1931-) 繼承發展成當代間諜小說的主流。

布坎 —— 毛姆走的是一條路子，那麼另一條路又是怎麼樣的呢？英國另一個作家薩珀 (Sapper, 1888-1937) 在 1920 年發表了《猛犬特魯蒙德》(*Bulldog Drumond, 1920*)，開了另一派間諜小說的先河。

薩珀是這位小說家的筆名，他的原名是赫爾曼·西利爾·麥克奈爾（Herman Cyril McNeil）。薩珀的父親是英國皇家海軍的上校軍官，他自然也受到軍人家庭的影響，受完了基本教育後，進了陸軍大學，畢業後在軍隊中服役了十二年，搞的是工兵勤務，他退伍時是中校銜。他在幹工兵時，有一個非正式的外號叫薩珀，他在第一次世界大戰期間開始寫短篇小說，就用了這個外號作為自己的筆名。但他的作品真正受到讀者歡迎，卻是從戰後他寫的那套間諜小說"猛犬特魯蒙德"開始的。

《猛犬特魯蒙德》描寫的是一個參加第一次世界大戰，從戰場歸來的剛烈男子漢特魯蒙德，在戰後感到生活十分無聊，到處尋求刺激。他為了幫助一個少女，為了拯救她那落入奸徒圈套而正面對死亡威脅的父親而挺身而出，同奸徒鬥爭。緊接著，薩珀發表了"猛犬特魯蒙德"的續集，這個好飲酒而性情豪爽的人物同偷盜猛烈軍用毒藥的德國間諜展開了搏鬥。第三集描寫他在霧夜認識了一個年輕人，而後這個人卻被人擄拐，從發現屍體開始，特魯蒙德就同一夥像美國黑社會一樣的集團展開了你死我活的戰鬥，終於揭露了企圖顛覆英國的外國間諜的陰謀。從 1922 年至 1935 年，薩珀一共寫了六本"猛犬特魯蒙德"。

薩珀的這些間諜小說，情節很緊張，具有強烈的民族主義色彩，儘管藝術水平不高，卻能滿足讀者追求刺激的要求，正是投其所好，迎合大眾心理。而這個綽號"猛犬"的特魯蒙德，一時間成了大眾崇拜的英雄人物。這為弗林明後來創造出鐵金剛"007"占士·邦開了先路，形成了浪漫主義間諜小說的流派。

相信看過辛·康納利（Sir Thomas Sean Connery, 1930- ）和羅渣·摩亞（Sir Roger George Moore, 1927-2017）主演的"鐵金剛"系列電影，都會熟悉代號007的英國王牌特務占士·邦，他在西方是家喻戶曉的人物。

"占士·邦"系列的作者伊安·弗林明（Ian Fleming, 1908-1964）出生於倫敦，全名為伊安·蘭卡斯達·弗林明（Ian Lancaster Fleming），他的父親是一個陸軍少校，是保守黨下議院議員，他的哥哥彼得·弗林明（Lieutenant Colonel Robert Peter Fleming, 1907-1971）是一個遊記作家。伊安小時候在貴族化的伊頓公學讀書，以"萬能運動選手"出名。後來他進了英國皇家陸軍軍官學校讀書，為了學外語，他還到日內瓦（Genève）和慕尼黑（München）留學。1929年至1933年他擔任路透社駐蘇聯莫斯科的記者，他本來有志向外交方面發展，但因成績不好，終於放棄仕途。回到倫敦後，為了求得生活安定，他在銀行當職員，還做過商務經紀，從這時期開始，他就收集罕見珍本書，這成了他的嗜好。1939年第二次世界大戰爆發，他志願從軍，入海軍預備隊服役，不久就轉到海軍情報部工作，任主管 J・H・柯爾費利（Admiral John Henry Godfrey, 1888-1970）的助手。後來他寫"占士・邦"系列小說時，占士・邦的上司 M 就是以柯爾費利作樣板的。

弗林明在戰時已升為中校情報官，到戰爭結束時，他開始考慮自己的出路，同朋友通信商量前途問題，他的一個朋友回信說："你一直在搞情報工作，何不寫一本間諜小說？要寫得高出於現有的作品，使其他間諜小說瞠乎其後。"這話對弗林明很有啟發。

戰後他又重操舊業，當了一段時間記者，也辦過雜誌，到四十三歲那年結婚，在舉行婚禮前六天，他的第一篇小說發表了。1953 年，他的"占士・邦"系列正式出籠，以後每年寫一本，都成為暢銷書。在他 1964 年因心臟麻痺突然去世前，他的"占士・邦"系列作品已使他成為百萬富翁了，據說他的版稅收入達兩百八十萬美元，他生前小說已銷達四千萬冊以上，他那十四本書至今仍一直不停再版。據說前任美國總統甘迺迪（John Fitzgerald Kennedy, 1917-1963）是個"占士・邦"迷，所以他的這些作品在美國特別暢銷。

弗林明把占士・邦描寫成一個英國王牌特務，英俊瀟灑，到處留情，而且是個殺人不眨眼的超人式英雄，隨身都有秘密武器，上天能飛，入海能潛，揮拳踢腳，大打出手，無往而不利。由辛・康納利和羅渣・摩亞扮演的“鐵金剛”在上世紀六十年代到八十年代初的西方電影銀幕上出盡風頭，是個甚受觀眾歡迎的人物。

到底世界上是否真的有占士・邦這樣的所向無敵的間諜特務呢？瑞典反間諜機關的負責人彼爾松曾對一個意大利記者指出："幾乎所有‘007’的冒險活動都是真實的，這些小說，就其內容而言，是有事實作根據的，不過人物則全屬荒唐，占士・邦只是一個幻想小說的虛構人物，這些幻想的成分卻被置於一個現實的背景中。就占士・邦這個人物的主要性格來說，是不真實的、荒誕的，純屬幻想虛構出來的。如果所有間諜都像‘007’那樣，我們反間諜機關可以在十二小時內將他們一網打盡，關進監獄，這樣我們豈不可以高枕無憂睡大覺了嗎？"

美國特務頭子、前 CIA 首腦亞倫・杜勒斯（Allen Welsh Dulles, 1893-1969）在生前也曾說過："間諜活動是同占士・邦恰恰相反的，一個好的諜報人員絕不攜帶武器，也不會把密令縫在身上外套的夾縫裏，他肯定不會放肆到走進豪華的大酒店，在酒吧同漂亮的女人調情的。"

這兩個西方諜報界的權威人士作此分析，足以說明占士・邦只能是小說虛構的人物，在現實生活中是絕不可能存在的。占士・

邦完全違反了間諜應該遵循的守則，真正的間諜絕不會像他那樣到處招搖，恰恰相反，他們總是想方設法消失進人群之中，在周圍的環境中融合不見，即使他在你身邊經過，也極不顯眼，不會被識別出來。占士‧邦的形象之所以不真實，是因為他太過萬能，太過顯眼，肌肉太過結實，也太過自以為是。弗林明是這樣描寫他的：

"占士‧邦身高一百八十三公分，體重七十六公斤，體格結實。藍眼黑髮，右頰有一道縱向的傷痕，左肩也有傷痕，右手的指甲有整形手術的痕跡。他是個全能運動選手，是使用拳頭、手槍和擲刀的名家。深諳化裝術，外國語精通法語、德語，大量吸煙（注意：他常吸特製的三個金圈的煙捲）。有飲酒的壞習慣，但不過度。好女色，可以收買。經常在左邊皮槍袋帶有零點二五口徑的小型自動手槍，彈膛有八粒子彈，左腕繫有飛刀，靴尖藏鐵，有柔道的基本技能，具有忍耐痛苦的高度耐力。結論：此人是一個危險的恐怖殺手、間諜。從 1938 年起在英國海外情報部工作，現為秘密編號 007 的特務。兩個重疊的零，是情報工作中負責殺人的代號，該情報員有先斬後奏權，相信英國情報部中有這種權力的只有兩人。"

他的特徵不是太明顯了嗎？占士‧邦這個人物在真實的間諜

世界中是不可能存在的，像占士·邦那樣任意胡為，不高興就拒絕接受上司 M 的指示，也不向上司報告。一個正常的間諜，只會害怕上司對他不嚴肅認真。一個間諜要是像占士·邦一樣無紀律，他只可能是敵人掌中的玩物，或者當場就被敵人槍殺掉了。

儘管占士·邦這個人物是浪漫主義的產物，卻反映了第二次大戰後某些西方人的心態。

"占士·邦"系列是"猛犬特魯蒙德"系列這類浪漫主義間諜小說流派發展的必然結果，從特魯蒙德這個豪飲的壯漢，發展成殺人不眨眼的超級特務，給讀者提供了別具一格的新刺激，給戰後的清教徒氣氛帶來了肉體歡樂、虐待狂和被虐待狂的謳歌。在某種意義上，占士·邦這個超人式的英雄滿足了某些人追求刺激的慾望，成為最受歡迎的人物。弗林明這些小說在西方世界執消遣小說的牛耳，直至今天，"占士·邦"系列小說仍是最暢銷的間諜小說，不過從文學價值而言，則只是低俗的商業性的流行作品，是無法登文學之堂奧的。

　　由薩珀的"猛犬特魯蒙德"發展到弗林明的"占士・邦"是一條浪漫主義間諜小說的路子，但間諜小說還有另一流派，從布坎的《三十九步》開始，由毛姆繼承，經過安布勒、格林、勒卡雷、戴頓（Lenonard Cyril Deighton, 1929- ）等作家，發展成一條現實主義間諜小說道路。

　　毛姆 1874 年 1 月 25 日誕生於巴黎，父母早喪，由當牧師的叔父帶回英國受教育，他的第一語言是法語，回英國後才學英語，講英語有時會口吃。他的叔父是個好人，但卻愚昧無知，毛姆在這個家庭中感受不到溫暖。由於他少年時代健康欠佳，叔父把他送到德國，進了海德堡大學讀書，從那時開始，他就秘密地寫作。十八歲他回到英國，叔父要他學醫，五年後他從醫學院畢業，成為醫生。可是他已經愛上了文學，二十三歲那年出版了他的第一本長篇小說《林白家的麗莎》（*Liza of Lambeth*, 1897），終於使他棄醫從文，以後十年他寫戲劇，直到四十一歲才又從事小說創作。毛姆創作的小說很多，最著名的如《剃刀邊緣》（*The Razor's Edge*, 1944）、《人性枷鎖》（*Of Human Bondage*, 1915）等，都是極深刻地揭露人性的小說。毛姆不只寫了很多著名的現實主義的作品，也寫了間諜小說。他像英國很多作家一樣曾當過秘密情報員，例如莎士比亞時代的著名作家克里斯多福・馬羅（Christopher Marlowe, 1564-1593）、《魯賓遜漂流記》（*Robinson Crusoe*, 1719）的作者狄福（Daniel Defoe, 1660-1731）、《黛絲姑娘》（*Tess of the d'Urbervilles*, 1891）的作者哈代（Thomas Hardy, 1840-1928）、"福爾摩斯探案"系列的作者柯南・道爾，都曾從事過情報工作，毛姆在第一次世界大戰期間在瑞士和俄國從事過秘密諜報活動，所以他創作了一本著名的間諜小說《秘密情報員》。

　　《秘密情報員》可以說是第一本現實主義的間諜小說，雖然它繼承了布坎的傳統，卻具有首創的意義，因為布坎的《三十九步》所寫的間諜陰謀活動，並非正面去寫，主人公是不由自主地被捲進鬥爭的漩渦的，而毛姆的《秘密情報員》卻是正面地去描寫間諜活動的真實。《秘密情報員》的主人公阿辛頓並不完全是個反英雄的形象，跟勒卡雷間諜小說的人物並不完全一樣，他在小說中並沒有什麼勇敢和了不起的行動。阿辛頓是個憂心忡忡的人，常擔心錯過火車時間，當一個同夥的特務要去謀殺一個希臘間諜時，他就精神緊張得不能自持，他並不覺得間諜活動有什麼浪漫氣息。毛姆在書中說過：「情報局的頭頭在倫敦的辦公室裏，手握住這偉大機器的把柄，過著一種充滿刺激的生活。他們把部件移來移去，看著各種色彩的線織成圖案……但說句實話，像他這樣作為情報局一個小小的情報員，只不過是個小角色，幹的並不如公眾所想的那樣，是件冒險的事。阿辛頓公開的身份只是個守秩序和無聊的城市文員，他按時會見他的間諜，付他們費用；他能掌握一個新人就僱用他，給他指示，派他到德國；他每週去一次法國，在邊境和同事碰頭，取得從倫敦來的指令；他墟日會到墟市去從賣奶油的老太婆那兒收取從湖對岸送來的情報；他得保持眼明手快；他寫長長的彙報，深信不會有人看；他並非故意的開了個玩笑，卻會招來一頓臭罵。他盡幹這麼一些工作，這些顯然是必要的，但這除了叫作單調無聊外還能叫什麼呢。」

　　毛姆是用自己搞情報工作的經驗寫成這本小說的，阿辛頓就是毛姆自己的化身，我們可以從書中找到一條線索。阿辛頓的長官問他：「這些年來你住在何處？」阿辛頓說：「住在蔡斯特菲爾德街三十六號。"這正是毛姆戰前在倫敦的地址。據第一次世界大戰在美國負責英國情報網的負責人威廉·威士曼爵士存在耶魯大學圖書館的私人文件透露,毛姆在 1917 年曾被派往俄國當重要諜報員。另外,毛姆當間諜時用的代號是"騷墨維尼"(Somervilli),在《秘密情報員》中,阿辛頓也是用這個名字作代號的。

在毛姆的筆下,間諜並不是個浪漫的愛國英雄,而是一個像土撥鼠一樣在陰暗的地下搞情報的普通人,他恢復了間諜的本來面目,相當客觀冷靜,甚至是以一種超然的態度來描述間諜的工作,這部小說並不以情節離奇取勝,而是相當深刻地去挖掘諜報人員的內心世界,寫他們的心理活動。這樣的間諜小說自然同"猛犬特魯蒙德"完全不同,不是流行小說,而是嚴肅的文學作品了。

繼毛姆之後,在現實主義間諜小說創作上取得成就的,是英國作家艾里克·安布勒。安布勒出生於 1909 年 6 月 28 日,大約在 1936 年開始寫作驚險的間諜小說,他最成功的作品都是在 1936 年至 1940 年間寫成的,其中包括有《黑暗的邊境》(*The Dark Frontier*, 1936)、《不平常的危險》(*Uncommon Danger*, 1937)、《一個間諜的墓誌銘》(*Epitaph for a Spy*, 1938)、《警報原由》(*Cause for Alarm*, 1938)、《季米特里奧的假面具》(*The Mask of Dimitrios,* 1939）和《恐懼旅程》（*Journey into Fear,* 1940）。安布勒是個思想左傾的作家，他最出名的小說《一個間諜的墓誌銘》描寫一個人物從信仰社會民主主義變成信仰共產主義的過程，而《季米特里奧的假面具》則懷著很大的同情描寫希臘共產黨的地下活動。他的小說充滿緊張的情節，沒有暴力血腥的描寫，但結構十分出色，顯示出他是個技巧很高的作家。他對於間諜小說的現實背景，都作了十分仔細的研究，通過這些細節的描寫，使情節顯得真實可信。他書中的人物是反英雄的，都不是占士·邦型的超人。他不只寫小說，也寫了不少電影劇本，他很多小說都拍成了電影。上世紀六十年代他又寫了幾部著名的間諜小說，其中有《偷天換日》（*The Light of Day,* 1962）、《捕捉間諜》（*To Catch a Spy,* 1964）、《骯髒故事》（*Dirty Story,* 1967）和《躲債人》（*The Levanter,* 1972）。在後期的小說中，主人公亞瑟·森普遜是個沒有國家，腐化墮落而且懦怯的人，但憑機智在諜海中生存。在《躲債人》中作者更是描寫了巴勒斯坦恐怖分子的恐怖活動。安布勒的小說為現實主義間諜小說開闢了道路。他曾藉助一個小說的人物，表示了自己對戰爭和間諜冷戰的看法：“那些有力量打破均衡的人，那些操縱大量資財和貨幣價值的人創造了戰爭；為了個人私慾，他們創造了孕育著戰爭的社會和經濟條件。”

當安布勒前期的作品《一個間諜的墓誌銘》和《季米特里奧的假面具》等得到千百萬讀者爭相閱讀的時候，第二次世界大戰已經爆發了。很多驚險小說作家也爭相以歐洲間諜戰為小說題材，其中以伯納德·紐曼（Bernard Charles Newman, 1897-1968）最得其神韻，他寫了《馬其諾陣線謀殺案》（*Maginot Line Murder,* 1939）、《直布羅陀謀殺案》（*Death Under Gibraltar,* 1938）、《殺死間諜》（*Death to the spy,* 1939）和一本很特別的短篇間諜小說集《間諜捕捉者》（*Spy Catchers,* 1945）。這本《間諜捕捉者》至今仍是以反間諜為題材的作品中的佳作。

另一個英國間諜小說作家丹尼斯·魏德禮（Dennis Yeats Wheatley, 1897-1977），他的小說不只具有鮮明的現實主義的紋理，而且十分有想像力。他除了寫這些書外，還找到時間想出各種各樣的間諜訣竅，在戰時全部試用過。他的朋友都喜歡開玩笑說那是場"魏德禮的戰爭"，他可真的幹起來，在第二次世界大戰期間，被英國政府委任主持一個離白廳不遠的地下堡中的特種辦公室，他是聯合作戰參謀部唯一的一個平民成員。

第二次世界大戰後，弗林明的"占士·邦"系列風行一時，但這個"冷戰英雄"所得到的榮譽卻不是文學藝術上的，純粹是商業上的成就。相反，現實主義間諜小說並沒有停止其前進的步伐。

到了上世紀六十年代，間諜小說中的"反英雄"出現了，那是些膽戰心驚的間諜，不起作用的間諜，卑鄙無恥的間諜和雙重間諜。最成功的作品是約翰・勒卡雷的《諜影寒》（*The Spy Who Came in From the Cold, 1963*）。這部小說描寫了一個遭冷落的諜報人員被重新起用，派到東德活動，結果被自己的情報機關出賣的故事。這是勒卡雷的第一本小說，就使他一舉成名，因為他深刻地寫出了東西方情報機關內部的勾心鬥角和卑鄙無恥的行徑。

約翰・勒卡雷是這位作家的筆名，原名叫大衛・康威爾（David Cornwell），出生於 1931 年。他的童年時代是在孤兒院中度過的，只有一個同他相依為命的哥哥，兄弟倆情誼甚篤。他在伯爾尼大學和牛津林肯學院受教育，曾一度在伊頓公學當教員，1960 年至 1964 年進外交界服務，曾在西德波恩（Bonn）的英國使館任低級職員。他在外交工作之餘，把空閑時間用來寫作，於是寫出了《諜影寒》，初稿長達五十萬字，經過多次修改，終於被出版社接納出版。但因為當時他是外交人員，不准用自己的名字發表東西，他得取個筆名。那天他坐在窗前，剛巧看到對面街頭有一間店是用法文寫的招牌，名叫勒卡雷，於是他就取來作筆名了。在他的寫作生涯中，寫了一系列十分精彩的現實主義間諜小說，其中有《名份謀殺案》（*A Murder of Quality,* 1962）、《鏡中人》（*The Looking Glass War,* 1965）、《德國小鎮》（*A Small Town in Germany,* 1968）、《鍋匠、裁縫、士兵、間諜》（*Tinker, Tailor, Soldier, Spy,* 1974）、《榮譽學生》（*The Honourable Schoolboy,* 1977）、《招亡魂》（*Call for the Dead,* 1961）、《史密萊的人們》（*Smiley's People,* 1979）、《小鼓女》（*The Little Drummer Girl,* 1983）、《完美特務》（*A Perfect Spy,* 1986）、《秘密朝聖》（*The Secret Pilgrim,* 1990）、《暗夜經理》（*The Night Manager,* 1993）、《我們的把戲》（*Our Game,* 1995）、《絕對友人》（*Absolute Friends,* 2003）、《通緝要犯》（*A Most Wanted Man,* 2008）、《我們那類叛徒》（*Our Kind of Traitor,* 2010）、《脆弱的真理》（*A Delicate Truth,* 2013）、《間諜遺禍》（*A Legacy of Spies,* 2017）。

勒卡雷的作品發表後，曾使蘇聯人大為震驚，蘇聯《文學報》曾發表文章，指稱這位作者本身是個英國情報特務。這時勒卡雷已離開了外交界，他也就公開了自己的真正身份，他從未在情報界工作，他冷嘲熱諷地回答蘇聯《文學報》的攻擊說："據他們的講法，我是在 1948 年從秘密檔案中偷取小說橋段的，那年我是個很有膽色的間諜，只有十六歲，不過倒是情有可原，因為我是格魯曹·馬克思（Julius Henry "Groucho" Marx, 1890-1977）和瑪坦·

哈麗（Mara Hari, 1876-1917）所生的兒子嘛。"瑪坦‧哈麗是第一次世界大戰被處決的德國女間諜，死了十幾年勒卡雷才出生呢，這是他同蘇聯《文學報》開的玩笑。

不過，無可懷疑的是勒卡雷把間諜世界寫得十分真實，比方說《諜影寒》寫一個備受冷遇後被重新起用而復出的間諜李瑪士，被上司派去冒充叛徒，混進東德的間諜組織，以剷除東德的特務頭子，結果最後犧牲在柏林圍牆之下。這部小說寫得十分逼真，李瑪士是一個典型的間諜，他早已對情報工作感到厭惡，看透了情報局內部的黑暗，但突然被派去從事一件龐大的反間計劃，自己卻蒙在鼓裏，不知道混進東德諜報機關的真實目的，事實上他的上司史密萊是把他拋出去作為魚餌的，早已把他出賣掉了。直到最後，作者才點破整個佈局，讀起來很有深意。

勒卡雷在揭露人性方面是成功的，他寫的人物很有生活氣息，栩栩如生，活像是一個在我們身邊生活著的人。他們有缺點，有情慾，有愛憎，他們都是冷戰政策的犧牲品。這部小說中並沒有占士‧邦那種驚險百出的動作，這正反映出間諜世界的真實面貌，間諜世界是不尋常的，那是與平凡相對的，因為間諜世界中充滿了實不足為外人道的欺詐、陰謀、醜惡、卑劣。李瑪士的死只是對立雙方操縱下的一場活劇，在冷戰的棋盤上根本無視了人性的存在。整本書充滿著一種悲哀的調子，帶有濃濃的人情味，這正好是以往的間諜小說所沒有的，所以《諜影寒》一面世，就把"占士‧邦"系列給比下去了。《榮譽學生》（又譯作《香港諜影》）是以香港作為間諜戰的背景的，作者為了寫這部小說曾到香港，對描寫的環境作實地的調查，搜集材料，故此小說把希爾頓酒店和外國記者俱樂部都寫進去了。這本小說有著過去間諜小說不曾有過的描繪，它提出了所有間諜活動都要會碰上的、令人驚奇的窘境：難道對付邪惡一定得用邪惡嗎？難道可以用非人性的方式來捍衛人性嗎？如果保衛的真理的確有真正的價值，怎麼可能到處都可以見到陰謀詭計？勒卡雷在間諜世界的邏輯推理中加入了一種懷疑的因素，使人認識到間諜活動是為達目的不擇手段的卑劣行為。在《鍋匠、裁縫、士兵、間諜》一書中，他把背景放在一間寄宿學校裏，以十歲至十二歲的孩子的觀點來看間諜鬥爭，這是別開生面的。

格蘭姆‧格林是當代英國著名的文學作家，他寫的作品都是反映社會現實的，他也寫了不少間諜題材的作品，如描寫第二次世界大戰後維也納在四國軍管的狀態下，間諜和黑市商人大肆活動的《第三者》（*The Third Man,* 1949）。《斯坦布爾列車》（*Stanboul Train,* 1932）更是一本情節緊張的間諜小說。1955 年他發表的《沉默的美國人》（*The Quiet American*, 1955）以南越為背景，描寫了美國和平隊的間諜活動；1958 年寫的《我們的人在哈瓦那》（*Our Man in Havana*, 1958）寫的是間諜的無能與腐敗，以及二十世紀七十年代的《榮譽領事》（*The Honorary Consul*, 1973）和《人的因素》（*The Human Factor*, 1978）都與間諜有關。格林小說中的間諜也不是英雄人物。格林在間諜小說上是有成就的，但他不是一個專寫間諜題材的作家，他在文學上的成就是多方面的。

另一個與勒卡雷在間諜小說上齊名的英國作家是寧·戴頓，他出生於 1929 年，受教育於伊頓公學，後來進了牛津大學，當過學生會主席。畢業後從事過多種工作，曾在一艘日本捕鯨船上當過捕鯨手，他本身是個頗有才華的畫家，曾從事廣告業，因為他畢業於英國皇家藝術學院，畢業後曾幹過美工，也做過廚師，還出版過食譜，幹過餐廳侍應，當過教員，也當過雜誌美術編輯和報紙的新聞攝影記者，還在 RAF 的特別調查部門工作過。故此他寫的間諜小說對社會生活描寫得十分真實。他對英國教育制度又愛又憎，對弗林明的 "占士·邦" 系列小說有一種敵意的反感，因而從事小說創作，反其道而行之。

1962 年他發表了《伊壁克利斯檔案》（*The Ipcress File*, 1962），這是一本驚險間諜小說，寫得不落俗套，主人公從正規軍調到了一個諜報單位，在著名特務頭子達爾貝下面工作。當他訪問一個美國太空基地時，莫名其妙地遭逮捕，被控叛國罪。跟著就被俄國人抓走，運往蘇聯，關進了蘇聯特務機關的監獄中。他設法逃出來，走出監獄時卻發現自己是在倫敦市中心，原來這一切都是間諜機關故意佈置疑局來弄垮他。最後他發現真正的叛徒正是他的上司達爾貝，他不過是當局用來把真叛徒釣出來的誘餌。

戴頓的其他作品有《水底馬》（*Horse Under Water,* 1963）、《柏林葬禮》（*Funeral in Berlin,* 1964）、《間諜故事》（*Spy Story,* 1974）和《SS-GB》（1978）等。

戴頓的作品十分幽默，但諷刺亦是尖刻的，頗有黑色幽默的風格。他有一種把握本質的才能，能透過事物深入看出本質。他的作品對當代間諜小說的形式起了深遠的影響，把這類作品從浪漫主義拉回到現實主義，來面對冷酷無情的間諜鬥爭的現實。他寫作十分認真，在動筆前對書中每個人物都會做一番細緻的案頭工作，甚至在報紙上選一張照片，以形容這人物的外貌，再加上他是個畫家，觀察人物很會抓住特徵。他寫作態度嚴肅，並不多產，加上動筆前作大量調查研究，寫出初稿後總是反覆修改多次，所以每本書的寫作都要花上兩三年。1977 年英國 BBC 電視台的麥林・布雷格訪問他時，曾說："他是我交談過的作家中最刻苦努力的一個。"他家在愛爾蘭,另在葡萄牙買了幢房子,寫作時躲起來拒絕見客,甚至連電話也不接,在家中沒有電視機,他把每晚的時間都用上,認為這樣等於每個禮拜多出一個工作日。他承認自己在語言和對白上受到美國硬漢派作家昌德勒的影響,他還說過:"我喜歡能偷聽別人談話而不引人注意轉過身來看我,我認為像我們這類作家,也應該和間諜有很多共同之處,我寫作的材料是從現實生活中得來的。"

間諜小說是推理小說的一個支流,又具有自己的特色,它也像推理小說一樣,產生了很多流派,各自發展自己的道路。間諜小說主要分為浪漫主義(以"占士.邦"系列為代表)和現實主義兩大派,而現實主義一派的道路越走越廣,不少嚴肅作家也寫這樣題材的作品,主要的原因是它反映了國際政治鬥爭尖銳複雜的現實生活,有時代的氣息,所以有很強的生命力。

　　"每一個成功的男人背後都有一個了不起的女人"，這話雖然有點"大男人主義"，不過倒也有一定的道理。羅斯福總統（Franklin Delano Roosevelt, 1882-1945）的背後就有一個了不起的老婆，安娜・艾莉諾・羅斯福（Anna Eleanor Roosevelt, 1884-1962）這位第一夫人並不是個供擺設的花瓶，她不只是支持丈夫的精神支柱，可以分擔他的壓力，也是個為他排難解疑的助手。她本身就是個出色的政治活動家，在社會活動的各個方面都十分活躍，因為羅斯福總統不便於行走，經常得坐輪椅，她還充當他的"腳和耳"呢。她不愧是美國一位傑出的第一夫人，支持羅斯福的新政不遺餘力。她大力推動人權運動，為黑人和婦女的平等權利奔走呼籲，贏得廣大人民群眾的愛戴，也令那些極右派的政敵對她恨之入骨，罵她是"老妖婆""共產黨"。當年在美國所有人都不由得分成兩派，愛她或恨她，絕無中立。

安娜·艾莉諾·羅斯福 1884 年 10 月 11 日出生在紐約市，她的父親是老羅斯福總統（Theodore Roosevelt Jr., 1858-1919）的弟弟（Elliot Bulloch Roosecelt, 1860-1894），但她很年幼就失去父母，由外祖母撫養。十五歲她被送到英國讀書，開始有了為社會服務的意識和責任。她長得並不漂亮，相貌平凡，甚至可以說是又瘦又難看，她認為自己是隻"醜小鴨"，一定嫁不出去的，可是比她年長兩歲高大英俊的遠親堂表哥 —— 法蘭克林·羅斯福卻對她情有獨鍾，他們在 1905 年結了婚，到 1916 年，他們一共生了六個兒女，其中一個夭亡，其他的四兒一女都順利長大成人。羅斯福參與民主黨的活動，得威爾遜總統（Thomas Woodrow Wilson, 1856-1924）賞識，提拔為海軍次長。在第一次世界大戰期間，艾莉諾參加過紅十字會的活動，也曾短期到過法國戰場救死扶傷，但總的來說，她主要還是在家中帶孩子。轉折點是 1921 年羅斯福患了脊髓灰質炎，雙腳失去行動能力，她盡心盡力地看護照顧和鼓勵他，使他恢復信心，能重新活動，幾年後雖然還是不良於行，但他終於又在政壇上活躍起來。她也在社會活動方面支持他的政治主張，較全面地進入了社會生活。她在工會、婦女會、消費者協會和紐約州民主黨的競選委員會工作，到處演說，她不只為羅斯福跑腿當耳目，她自己在社會活動中也開始顯露出才華，贏得群眾擁戴。羅斯福當選紐約州長，她把最後一個孩子送進學校寄宿後，就開始忙碌地為當州長的丈夫去巡視考查紐約州的醫院和監獄。1932年羅斯福競選總統，正如艾莉諾後來說的，這意味著"屬於自己的任何個人生活的終結"。她很快就變成一個在美國歷史上最受群眾愛戴、最出名的，同時也是受批評最多的第一夫人。

她為報紙寫專欄，在電台做定期廣播節目，談民眾的迫切要求和宣傳新政，所得的收入全部捐作公益。她到全國各地，為羅斯福收集民情意見，她特別關注婦女、黑人和年輕農民，這些人是羅斯福戰勝經濟大衰退的新政所忽視了的社會族群。因為她沒有擔當官職，故能比羅斯福更自由地說話，能深入基層，廣交民眾，很快就成了社會民眾同官方溝通的主要渠道。她比她的丈夫更強烈地譴責種族歧視和壓迫，為爭取黑人的公民權益而鬥爭。她曾出任過民眾防衛部副部長，但她並不適合當官，在1942年大受國會批評後辭官，這是她第一次也是最後一次當官。第二次世界大戰期間，她更為國家出力，她記性很好，經常當總統的特使，為總統把重要的機密情報記在腦子裏，帶去轉達給將軍、海軍上將，甚至別國的國家元首。她還常到英國、歐陸和太平洋地區，為軍隊打氣和視察紅十字會機構,她的確是個女中豪傑。1945年羅斯福去世後,她打算退休過平靜的晚年生活,但杜魯門總統(Harry S. Truman, 1884-1972)任命她出任聯合國人權委員會的代表,她擔當主席,起草完成的《世界人權宣言》,並於1948年為聯合國大會通過。在1952年艾森豪威爾(Dwight D. Eisenhower, 1890-1969)當選總統後,她辭去了聯合國的職務,但仍為美國在聯合國的國際互相了解和合作協會工作。六十年代初,甘迺迪總統任命她出任聯合國代表,擔任和平部隊的顧問和婦女地位委員會的主席。不過這時她已年邁,精力大不如前了。1962年11月6日,她在紐約去世,享年七十八歲。她著有一本《自傳》(*The Autobiography of Eleanor Roosevelt*, 1961),包括:《這是我的故事》(*This is My Story*, 1937),《我的回憶》(*This I remember*, 1949)和《談我自己》(*On My Own*, 1958)。

作家小羅斯福・艾略特(Eliott Roosevelt, 1910-1990)是羅斯福總統夫婦的兒子,雖然生於富貴之家,深得父母鍾愛,但羅斯福夫婦對兒女的要求卻相當嚴格,使他們受到良好的教育,絕不讓他有特殊的待遇。艾略特同普通人一樣應徵當兵,參加第二次世界大戰,曾在空軍服役並晉升到上尉。戰後他當過記者,也做過廣播電視製作的工作,曾一度從政,後來卻去經營牧場和礦場。他和妻子定居加州，有八個子女。因為他當過記者，愛好寫作，得作家哈靈頓（Donald Douglas Harington, 1935-2009）的指點，在艾莉諾還在世時他就開始寫作推理偵探小說，其中有的手稿還是獻給母親的呢。他以自己的母親艾莉諾為主角，以他熟悉的白宮為背景，把歷史事實穿插起來，寫成了一系列的"艾莉諾·羅斯福探案"。艾略特從八十年代中期開始發表這套"探案"系列小說，到他在 1990 年去世時，已經出版了七本，還有很多本已經完成而尚未發表的手稿，在他死後得以陸續出版，這套"探案"直至 2001 年總共出版了二十本，另外還出版了兩本以波士頓銀行家恩迪科特為主角的偵探小說。這二十本"探案"小說的時代背景，從 1933 年一直跨越到 1943 年，這十年正是美國經歷了大蕭條後，羅斯福上台實行新政，致力於經濟復甦，一直到第二次世界大戰這一段歲月，艾莉諾居住在白宮，身為總統夫人，在她身邊不時發生離奇的命案，有些還涉及到國家、外交和戰爭的機密，由於她生性好奇，富於正義感，故不時會充當起業餘偵探的角色，以總統夫人的身份過問案情，執行任務的警務人員自然盡力對她加以協助，而羅斯福最討厭聯邦調查局那個愛出鋒頭的局長胡佛（John Edgar Hoover, 1895-1972），不希望讓他介入白宮發生的案件，故而她在處理這些案件時，既要不失身份，又要合情合理，而且還要顧及各個方面的微妙關係。憑著她的智慧，也籍著她身為女性的直覺和同情心，往往能作出正確的判斷，連羅斯福也笑稱她是"業餘大偵探艾莉諾‧福爾摩斯"。艾略特的文筆生動流暢，寫人物能抓住性格特點，在他的這些小說裏，出現了很多真人實事，這些歷史人物大部分都是他認識和熟知的，當然小說中也有虛構的成分，但他仍是以歷史事實為根據的，在這個基礎上加以合理的想象和虛構，因此這一系列精彩感人的小說可以當作推理小說來看，也可以把它們當作歷史小說來看，讀者可以從其中得悉不少罕為人知的內幕秘聞，而這些秘聞並非作者的幻想虛構，而是有事實根據的，因為他最熟悉的母親和父親就是當事人。在他筆下的父母也不是完人，有人性的弱點和錯誤、人的愛與惡，他不只是正面地寫他們，也寫出他們政治上的野心和抱負，更寫他們面對生活時的壓力和無奈。在生活細節的描寫和人物性格的刻畫上，這些小說都能給人以真實的感受。這些小說在寫作技巧上相當高明，能不落窠臼，案情往往在最後幾頁會有一個出人意料的突然轉變，而在最終揭開謎底時，你會認為的確合情合理，無懈可擊，令人拍案叫絕。介紹推理偵探小說的方法，跟介紹其他品種的作品是不同的，我不能把故事的結局講出來，否則讀者再也沒有興趣去閱讀那些小說了。有關這十多本小說，我只能寫下這幾段簡介文字，希望它們能幫助讀者了解這十幾本有趣的書，而不會磨滅了讀者的閱讀興趣。

《謀殺案和第一夫人》（*Murder and the First Lady*, 1984）：1939年希特勒入侵波蘭前夕，白宮發生了一宗命案，一個會計員被毒殺，聯邦調查局逮捕了第一夫人的一個秘書彭美拉，因為死者是她的情人，而且是喝了她調的酒被毒死的。只有艾莉諾相信她是清白無辜的，她為了主持正義，要深入調查，卻受到胡佛的阻撓，因為死者是極右的國會議員的兒子，胡佛是為了維護那位參議員，而不讓他的兒子的醜聞公諸於世。但這件事涉及死者曾在英國參與的一件盜竊大宗珠寶的案件，英國蘇格蘭場派來了褒頓爵士參與偵查。艾莉諾親自出馬，和華盛頓的警長合作，到賭場會見三教九流人等，終使此案水落石出。此書有出人意表的轉折，真兇直到最後才露面，不讀到最後，讀者根本就猜不出誰是真正的元兇。

《海德公園謀殺案》（*The Hyde Park Murder*, 1985）：羅斯福在紐約的老家是位於海德公園的高檔住宅區，他們的一個股票商鄰居因被控貪污而自殺，但艾莉諾同情他的兒子和一個年輕姑娘的愛情，出馬查探此案，發現股票商是被謀殺的，而且牽涉到德國在美國通過非法股票活動套取數百億美元的罪案。

《合卡烏別業謀殺案》（*Murder at Hobcaw Barony*, 1986）：第一夫人應邀到總統顧問巴魯切在南卡羅連納（State of South Carolina）的別墅度假，她以為這次假期是和一批荷里活明星共聚一堂，能釣魚騎馬，但在第一晚，電影製片家帕特里奇突然被炸死。這是一宗謀殺案，在場的有很多荷里活的大人物，包括堪富利·保加、鍾·歌羅褔（Joan Crawford, 1905-1977）等大明星，他們每個人都有殺死帕特里奇的動機和理由，個個都有嫌疑，到底誰是殺人兇手？第一夫人要破案可得跟兇手進行一番鬥智了。

《白宮廚房謀殺案》（*The White House Pantry Murder*, 1987）：1941 年，美國人民準備過聖誕節的時候，首都的注意力已轉向第二次世界大戰。白宮的屋頂架起了高射炮，羅斯福夫婦準備迎接英國首相邱吉爾（Sir Winston Leonard Spenser-Churchill, 1874-1965）和他的隨員到訪。儘管保安嚴密，但仍發生了一件闖入事件，一個神秘人物被發現死在白宮廚房的大冰箱裏，他是被人用針狀利器刺進後腦而死的。艾莉諾擔心有人行刺羅斯福和邱吉爾，她這次得要同內外的敵人鬥智，粉碎納粹軸心國的行刺陰謀。

《白金漢宮謀殺案》（*Murder at the Palace*, 1987）：1942 年艾莉諾作為特使奉命訪英，接受英皇接待，住進白金漢宮。她每日行程緊湊，既要同同盟國要員會談，又要到各個美軍基地慰問軍人。

但在白金漢宮中英皇的侍從哈定爵士被謀殺，疑團重重。當晚他開雞尾酒會，邀請的每個客人都有理由想要殺他，他們聚齊在客廳等哈定爵士，卻發現他倒斃在隔壁房中。艾莉諾當仁不讓，充當偵探，她發現哈定過著雙重生活，既在宮中當侍從享受特權，又在黑社會中胡混，每個客人都可能行兇殺人，要查出誰是兇手，可不容易。

《橢圓辦公室謀殺案》（*Murder in the Oval Office*, 1989）：橢圓辦公室是羅斯福總統辦公的地方，1934 年的某一晚，國會議員科爾馬被發現頭部中槍倒斃在橢圓辦公室裏，所有門窗全部從內部關嚴，故此推斷是自殺。第一夫人卻有所懷疑，為什麼死者用來自殺的手槍的指紋抹得那麼乾淨？誰要謀殺他？是他那個搞婚外情的妻子？是被他追查的與黑手黨勾結的銀行家？還是他那個投資錯誤的哥哥？亦或是那個認為科爾馬弄大了自己女兒肚子的父親？艾莉諾在白宮接見著名演員卜合（Bob Hope, 1903-2003）和冰‧歌羅士比（Bing Crosby, 1903-1977）時，突然悟出了門道，又一次開動腦筋，解開了密室謀殺案之謎。

《玫瑰園謀殺案》（*Murder in the Rose Garden*, 1989）：1936 年夏天，一個華盛頓的名女人被人勒死在白宮的玫瑰園裏，和她合夥幹敲詐勒索勾當的照相師也被殺掉了，這個案件的嫌疑人很多，有內閣部長、法官、議員和白宮職員，全都是身份很高的權貴人物。羅斯福航海度假去了，委派秘密警探查探，因為事發於白宮內，只有第一夫人不畏這些權貴，敢於同他們鬥爭，揭開美國政界腐敗的一個黑暗面。

《藍室謀殺案》（*Murder in the Blue Room*, 1990）：1942 年夏天，蘇聯外長莫洛托夫到白宮會見羅斯福，要求開闢第二戰場，白宮職員大為緊張不安，這位蘇聯外長為什麼帶有隨身保鏢，只喝帶來的伏特加，還帶有手槍？如果不是他有偏執狂，那就是他知道某些主人不知道的秘密了。就在羅斯福款待他的晚宴期間，白宮的藍室發生命案，一個白宮的女職員被人用銅燭台打死，在她的手袋裏有一柄上了膛的小手槍。白宮裏誰也不安全了，第一夫人既不能讓客人知悉此事，又得儘快破案。

《頭等艙謀殺案》（*A First-Class Murder*, 1991）：1938 年艾莉諾訪法，乘搭法國的豪華郵輪諾曼底號返美，同在頭等艙的旅客有不少知名人物，如橫渡大西洋的飛行家林白（Charles Augustus Lindbergh, 1902-1974）、名嘴傑克・班尼（Jack Benny, 1894-1974）、報業巨子亨利・魯斯（Henry Robinse Luce, 1898-1967）、黑人舞星約悉芬・巴格，還有當時還是哈佛大學學生，日後成為總統的約翰・甘迺迪。這是世界大戰的前夕，歐洲戰雲密佈，在頭等艙發生命案，蘇聯派去美國的特使在眾目睽睽之下，被人在酒中置毒毒殺。一個美麗年輕的芭蕾舞演員被控謀殺，接著是另一宗命案和珠寶被竊案，艾莉諾又當上業餘偵探，這次年輕的肯尼迪也能幫上大忙呢。

《紅室謀殺案》（*Murder in the Red Room*, 1992）：1937 年總統夫婦宴請最高法院成員之際，一個著名的黑社會分子倒斃在白宮的紅室，他肯定不是宴請的客人，為什麼這個屍體會在白宮之內？這次艾莉諾領導的調查受到挑戰，得通過政府要員背後籠罩著層層黑暗的迷宮，揭發出白宮與黑社會之間互相聯繫的醜聞。

《白宮西翼謀殺案》（*Murder in the West Wing*, 1993）：1936 年歐戰陰雲密佈之際，羅斯福接見了一些知名人士，包括愛因斯坦（Albert Einstein, 1879-1955）、老甘迺迪（Joseph Patrick Kennedy, Sr., 1888-1969）、破案專家艾略特·尼斯（Eliot Ness, 1903-1957）。總統的一位要員在喝酒後中毒身亡，警方認定是一個女職員特莉莎·羅蘭殺人。第一夫人為了查明真相，揭破了路易士安那州（State of Louisiana）政治圈的謊言和密謀。但這案中又有"案中案"，艾莉諾不但得置身於黑社會的世界，到一些她平時不該去的地方，還得揭開隱蔽在白宮之中的黑幕的真相。

《東室謀殺案》（*Murder in the East Room*, 1993）：1940 年，英

軍在鄧寇克（Dunkirk）撤退，美國的孤立主義者公開揚言希特勒夏天就會征服英國。在美國，最大的問題是羅斯福會不會第三次連任。在白宮的一次宴會中，一個年輕英俊、極有前途，有望競選下屆總統的參議員吉普遜，因身體不適而離席，他美麗的妻子阿美莉亞跟著他步出飯廳，幾分鐘後，整個白宮都被阿美莉亞的慘叫聲所震懾。艾莉諾跟著保安人員走進東室，發現吉普遜倒在血泊中，妻子混身是血跪在他身邊慘叫。這是情殺案，還是政治謀殺？

《皇室謀殺案》（*A Royal Murder*, 1994）：1940年，美國尚未參戰，英國讓美國在百慕達（Bermuda）建立軍事基地。作為六十艘驅逐艦的交換條件，艾莉諾被羅斯福派到百慕達去做外交訪問。那個"不愛江山愛美人"的溫莎公爵（Edward Albert Christian George Andrew Patrick David, 1894-1972）正在進行"自我流放"，在百慕達當總督，他是親納粹的，百慕達的德國間諜多如牛毛，簡直是個毒蛇窩。溫莎夫婦想到美國進行親德宣傳，英美政府極不願意讓他們成行，艾莉諾既得拒絕他們，又不能得罪他們。她雖有密探特務保護，但仍然身陷險境，在這次出訪中揭發了一個計劃把百慕達和整個拉丁美洲變成納粹基地的陰謀。

《行政大樓謀殺案》（*Murder in the Executive Mansion*, 1995）：

1939 年英皇和皇后到美國做一週的訪問，白宮忙著準備接待，突然發現第一夫人的一個助手露仙達·羅濱遜失蹤了，兩日後在放床單的衣櫃裏發現了她被絞殺的屍體。艾莉諾大為驚慌，連忙追查，發現了露仙達的情人的信件，他是一位律師，同時也已失蹤。沒用多久，艾莉諾就從這宗表面像是愛情觸礁的事件，發現原來有一個德國間諜潛入白宮工作，國家安全大受威脅，問題是這個陰謀之潭到底有多深？

《法國莊園謀殺案》（*Murder in the Chateau*, 1996）：1941 年美國參戰後，羅斯福派第一夫人為代表到法國淪陷區，在一間偏僻隱蔽的莊園別墅裏，秘密會見一些反納粹的領導人，談判推翻希特勒的計劃。可是就在到達的當晚，發現德國秘密警察頭子 SS 中校布蘭特在臥室中被人從後邊開槍打死，艾莉諾身陷險境，她不得不進行偵破活動。在這小說中出現的人物有"沙漠之狐"隆美爾（Erwin Johannes Eugen Rommel, 1891-1944）、邱吉爾的女兒莎拉（Sarah Millicent Hermione [Churchill] Baroness Audley, 1914-1982），有曾在《頭等艙謀殺案》中出現過的黑人女舞星帕克，還有著名藝術收藏家吉特魯迪·斯坦因等人。這次艾莉諾不只在化妝箱裏有零點三二的手槍和無線電發報機，還得動用大西洋兩岸全部偵探武庫的力量來破案了。

《午夜謀殺案》（*Murder at Midnight, 1997*）：這個案件發生在羅斯福剛當選總統不久，一個法官因幫總統起草某條新政的法案，短期居住在白宮的客房裏，午夜時分被人用刀刺死，發現死屍的黑人女僕莎拉因而被捕。越深入調查，案情就越複雜，這法官是個雙重性格的性變態，要殺他的人很多，艾莉諾主持正義，自己差點也惹上殺身之禍。

《地圖室謀殺案》（*Murder in the Map Room, 1998*）：1943年，宋美齡（1898-2003）訪美，要求羅斯福給蔣介石（1887-1975）更多支援。在她住進白宮的當晚，機要地圖室中發現了一具中國人的屍體，衣袋內有日軍地圖和密碼信。地圖室離宋美齡的房間只有幾公尺，到底這個人是誰？是日本間諜？他是怎樣通過重重守衛進入白宮的？他又是被誰殺的？他要行刺宋美齡？還是來竊取機密？宋美齡的隨員中有誰涉及此案？艾莉諾得在宋美齡離開白宮前偵破此案，如何處理好這一相當複雜的外交事件？作者對宋美齡的性格和奢侈的生活作風有相當突出的描寫，從而可以看出美國政府和羅斯福夫婦對她的看法。

《喬治鎮謀殺案》（*Murder in Geogetown, 1999*）：1935年艾莉諾到獄中探望被控謀殺的女友潔西卡，她是個小時候從波蘭偷渡來美國的年輕猶太姑娘。潔西卡的情人是財政部的要員，在喬治鎮的寓所被槍殺，證據對她很不利，只有艾莉諾不相信她會殺人，因為她是個對羅斯福很有用的人，能從她那兒獲得潛在政治對手的活動情報。艾莉諾為了還她個清白，一直追查到波士頓銀行界和愛爾蘭裔的黑幫組織，她的每一步都有一個女刺客的身影在追隨著她，她再次身陷險境了。

《林肯睡房謀殺案》（*Murder in the Lincoln Bedroom*, 2000）：1943 年邱吉爾和艾森豪威爾從倫敦飛到華盛頓，同羅斯福開特列頓秘密會議，策劃開闢西歐第二戰場。白宮加強保衛，佈滿保安人員和軍人。正當會議在緊張進行時，在原先準備給艾森豪威爾住的林肯睡房裏發現了一具屍體。艾莉諾為了防止這個案件洩露出去，避免敵人的間諜獲得秘密會議的情報，必須要在會議結束前破案。當深入調查這宗因情殺人的事件時，發現疑團重重，原來這是一個行刺總統的陰謀，於是她將計就計，利用羅斯福作誘餌，設下天羅地網，進行擒獲間諜的惡鬥。

《總統睡房門前謀殺案》（*Murder at the President's Door*, 2001）：1933 年，羅斯福當選總統入住白宮，在他睡房門口守衛的一個警衛被人謀殺，倒在睡房門口的地上。羅斯福不想讓胡佛領導的聯邦調查局到白宮來把水攪混，但他明白不查清此案，他在白宮的安全就沒有保障，艾莉諾得到華盛頓警長和密工謝爾蓋的幫忙，動手查探此案，揭開了一場驚心動魄的鬥爭。

　　總的來說，這一系列探案小說是很能吸引讀者的，它們既有歷史的真實性，又有推理小說的趣味性，年輕一輩的讀者在充滿趣味的閱讀體驗之餘，可以從中獲得很多歷史的知識和趣聞。而跟我年齡相若，曾經歷過第二次世界大戰那個年代的人，更能走進歷史長廊裏，獲得懷舊的回味，故此可以說，這系列小說不只是能幫助讀者鍛煉思考能力的推理小說，更是能給人以藝術享受的，有藝術性相當高的好作品。

日本作家夏目漱石（1867-1916）有一本很出名的小說《我是貓》（1905），夏目漱石當然不是一隻貓，他只是通過一隻非常靈光的貓兒的眼睛來看世界，從而寫出日本社會的人生百態，這種手法是相當高明的。我們的老舍（1899-1966）先生也寫過一本《貓城記》（1932），那是本科幻小說，講的是一個人飛上月球，發現那兒有個貓人的世界，那些貓人當然也不是人，而是老舍先生豐富的想象力的產物，那是既有人的惰性又有貓的狡猾的"貓人"，作者通過對這些貓人的描繪，揭露出人的劣根性，倒是頗有教育意義的，難怪有些被刺痛的人對這本小說極力貶責，恨之入骨了。上世紀八九十年代，日本紅極一時的推理小說家赤川次郎（1948-）就寫過一系列的"三毛貓"探案，那時我是幾乎每本都看的，確實相當有趣，那隻花貓兒比誰都聰明，那個傻乎乎的刑警只有甘拜下風了。過去我一直認為"貓探案"乃是赤川次郎的首創，直到最近才發現不對了，在美國比他早上很多年，就已經有一位名字叫莉蓮·傑克遜·布朗（Lilian Jackson Braun, 1913-2011）的美國女作家寫過"貓探案"了。

莉蓮·布朗可是個寫作老手，寫過不少東西，但她的成名之作卻是她那一系列的"貓探案"。她的年齡在一段時間裏一直是個謎，誰也說不準她到底有多大年紀，因為她對這點是始終守口如瓶的，她曾說過："我對人說，我在心理方面只有三十五歲，在體質上我大約是五十五歲吧，我可是不相信用一年一年的辦法計算歲數的。"對於這個不肯認老的人，你又能拿她怎樣？她直到2005 年，在底特律新聞訪談時，才肯初次公開她的真實年齡。

她十六歲高中畢業，十七歲就開始用"華爾德·傑克遜"（Ward Jackson）這樣一個男性的筆名給報紙寫稿，她為《棒球》雜誌和《體育新聞》寫文章，還每個週末為《底特律時報》寫"體育詩"（spoems 這個新名詞，是她從 sport poems 這兩個字合併變化出來的），足足寫了整個球季，這是她文學生涯的起點。後來她寫的"貓探案"，同美國流行的硬漢派以拳頭取勝的偵探小說截然不同，裏面沒有拳頭加枕頭那一套，也就是說絕對沒有露骨的色情描寫，也沒有暴力和粗言爛語，可是在她成名後的三十年，即1986年至2007年，其銷數竟超過一千萬冊，這在美國的書市中可是個異數啊！

在她筆下，所有以貓作為偵探的案件，都是發生在一座只有三千人口的小城鎮 —— 麋鹿縣的鶴嘴鋤鎮，這個虛構出來的小鎮，可以說是美國很多這類小市鎮的一個縮影。這些"貓探案"寫的是在這個小鎮裏的人類社會發生的事情，貓兒雖然充當破案的能手，但案情的發展以人的活動為主，小說寫的是人生，所以離不開人，故此書中的男女主人公是人，不是貓，也不是"貓人"，而是貓的主人。他們是一對年輕的戀人，男的名叫吉姆·奎勒安，大家都叫他"奎爾"，他是個曾離過婚的、戒了酒癮的單身漢，是個給報紙寫稿的作家，他戀愛的對象是鎮上圖書館的一位管理員波莉·鄧肯，他們兩個都是"愛貓之人"，這點共同興趣把他們的生活交織在一起了。

在小說中出現的貓不少，但主要的貓兒，是奎爾和波莉養的四隻貓：

主角古古（Koko）是隻純暹羅種的貓，有印點的毛色很好看，身材苗條，十分聰穎，而且有心靈感應的能力，至少在奎爾看來是一隻能同他心靈相通的貓兒。至於奎爾為什麼給自己的愛貓起名叫古古呢？據說是他很仰慕中國十三世紀一個名叫高古孔（Kao K'o-Kung）的詩人兼畫家，故而把愛貓叫作"古古"。這個高古孔是何許人也？我在中國文學大百科全書裏可查不出他是誰，估計這是作者認為中國的詩人很了不起，所以自己編出了這麼一個中國的詩人，以示仰慕吧，相信中國的詩人不會因為一隻如此聰穎靈光的貓被命名成一個同行的名字而感到不快的，這且不去管他。這隻古古可是隻揀飲擇食的貓，非新鮮的白葡提汁不飲，不是一級的紅鮭魚不吃，這都怪奎爾把牠寵壞了。牠喜愛讀書，不過牠看書是倒過來看的，故而是隻"會倒讀的貓"，在很多案件裏全憑它發現線索，並把這些發現告訴奎爾，至於牠同奎爾溝通的辦法，可以是使用牠的"尾巴語言"，牠的尾巴的表情可多了，也可能是從書架上扒下一冊書，奎爾通過書名或書的內容就準能明白牠要說的是什麼。

爪兒饜饜 (Yum-Yum, the Paw)，牠的名字來源於牠有個很不得人心的動作，就是愛在突然之間出動牠的右爪子，給人來個突然襲擊，據奎爾說，牠那鋒利的右爪子能"在你的臉上把你的鼻子偷掉"。這貓兒對閃閃發光的物件特別感興趣，牠經常會把金筆偷走，收藏在地毯下面，牠可以算得上是隻"神偷"貓兒（莉蓮·布朗養的那隻作為爪兒原型的貓兒，就有這個令人討厭的習慣）。

寫"貓探案"的女作家莉蓮·布朗

爪兒也像古古一樣，被奎爾寵得十分挑食，不是特意為牠準備的新鮮食物，牠可是碰都不碰的。

布魯圖（Brutus），是波莉養的一隻雄貓，牠原來名叫布斯，波莉收養牠後，把它改名為布魯圖，也就是勇士的意思，這個名字對牠可以說是意義重大，至少使牠能重拾做貓的尊嚴，令牠的一舉一動像隻勇敢的貓。不過牠又肥又大，實在太重了，波莉要牠瘦身減肥，限制牠的飲食，故而布魯圖經常會感到肚子餓，有時餓得難捱，也顧不上禮節，會從你嘴邊把食物搶走吃掉。

凱塔（Catta），那是波莉養來同布魯圖作伴兒的一隻暹羅種的雌貓，只是牠們年齡相差太大了，始終沒有成其好事，搭不到一道，不過話說回來，它們守望相助，可是很要好的朋友呢。

莉蓮・布朗為什麼要以貓作為偵探來破案呢？原來有這麼一個原因，她四十歲生日那天，丈夫送了一隻暹羅貓給她當作生日禮物。她十分愛這隻叫古古的貓兒，而那貓兒也喜歡她，跟她形影不離。不過兩年後，這隻貓兒不幸從十層樓的窗口跌下去摔死了，莉蓮・布朗很傷心內疚，總認為是自己沒有照顧好那隻貓兒，才會讓牠失足跌死的。她為此寫了一篇短篇小說《菲萊太太的罪過》，這篇小說是後來她寫作"貓探案"的動機，整個"貓探案"系列小說正是為了要紀念她的那隻愛貓古古，她要讓古古這隻聰明的貓在文學作品中有個永垂不朽的地位。她的 "貓探案" 在 1966 年開始發表，第一本是《會倒讀的貓兒》（*The Cat Who Could Read Backwards*, 1966），立即就受到書評界的重視，《紐約時報》書評家布什把古古這隻貓兒譽為 "當年的偵探新秀"，其他書評也對這本書給予好評，《書目》雜誌讚譽莉蓮・布朗 "文筆流暢老練，不靠對貓兒一般化的、陳舊老套的動作描寫，就能把貓兒寫的神氣活現，具有獨特的性格"。可是在上世紀六十年代，美國讀者的口味比較低俗，喜愛拳頭加枕頭，而不願意動腦筋，在硬漢派偵探小說佔上風的美國書市，"貓探案" 就很難得到讀者欣賞了。莉蓮・布朗才出了三本 "貓探案"，出版社就急著喊停了。

莉蓮・布朗有十八年的時間，沒有再寫 "貓探案"，她為了生活，得把精力集中在報紙的寫作上，她在《底特律自由報》任職，專門寫有關古董、美術、裝飾和建築一類的文章。直到她從報館退休後，才重新再寫她的 "貓探案"。

時代變了，讀者的趣味也變了，相隔二十年，風水輪流轉，讀者已學會動腦筋看推理小說，不再只看以力取勝的硬漢派偵探小說了。當她在 1986 年發表第四本 "貓探案"《看見紅色的貓兒》（*The Cat Who Saw Red*, 1986），立即大受讀者歡迎，於是她一本又一本地把 "貓探案" 寫下去，本本都成了讀者喜愛的暢銷書。

莉蓮・布朗是個不喜歡出風頭的人，她一直避免公開露面，有時偶爾可以在貓展或書籍簽名會上碰得見她，她可是不肯拋頭露面去為自己的書作推廣宣傳活動的，她寧願同讀者保持通信來聯絡，她在信中總不忘以古古這隻貓兒的名義向讀者問好的。在 1998 年接受《出版人週刊》的訪問時她曾說："有關寫作最好的事，就是你不需要到任何地方去都能寫作，我從不到處旅行去推廣自己的書，我不作演講，我只是靜靜地過我的日子，寫我的小貓兒的故事"。她曾告訴讀者，她之所以在書中以男性人物奎爾作為主人公，那是她不想讓讀者覺得她的小說帶有自傳成分，雖然她不否認自己同奎爾有不少共通之處，例如她同奎爾一樣，都有一張舒適的椅子，可以坐下來寫作；他們同樣喜歡使用普通的標準鉛筆在一疊紙上寫作，而且他們都是給報紙寫稿的作家。

她的 "貓探案" 至今已發表了二十多本，幾乎每年都有一兩本新書面世，計有：《吃丹麥肥雞的貓兒》（*The Cat Who Ate Danish Modren*, 1967）、《撳動開關掣的貓兒》（*The Cat Who Turned On and Off*, 1968）、《彈奏勃拉姆斯的貓兒》（*The Cat Who Played Brahms*, 1987）、《扮演郵差的貓兒》（*The Cat Who Played Post Office*, 1987）、《懂莎士比亞的貓兒》（*The Cat Who Knew Shakespeare*, 1988）、《能嗅膠味的貓兒》（*The Cat Who Sniffed*

Glue, 1988）、《轉入地下的貓兒》（*The Cat Who Went Underground*, 1989）、《跟鬼交談的貓兒》（*The Cat Who Talked to Ghosts*, 1990）、《住在高處的貓兒》（*The Cat Who Lived High*, 1990）、《認識紅衣主教的貓兒》（*The Cat Who Knew a Cardinal*, 1991）、《不在那兒的貓兒》（*The Cat Who Wasn't There*, 1992）、《移動大山的貓兒》（*The Cat Who Moved a Mountain*, 1992）、《走進衣櫃的貓兒》（*The Cat Who Went into the Closet*, 1993）、《來吃早餐的貓兒》（*The Cat Who Came to Breakfast*, 1994）、《吹響哨子的貓兒》（*The Cat Who Blew the Whistle*, 1994）、《扮笑臉的貓兒》（*The Cat Who Said Cheese*, 1996）、《跟蹤賊人的貓兒》（*The Cat Who Tailed a Thief*, 1997）、《為鳥兒歌唱的貓兒》（*The Cat Who Sang for the Birds*, 1998）、《看見星星的貓兒》（*The Cat Who Saw Stars*, 1998）、重新改寫《來吃早餐的貓兒》（*The Cat Who Came to Breakfast*, 1999）、《打劫銀行的貓兒》（*The Cat Who Robbed a Bank*, 2000）、《嗅到老鼠的貓兒》（*The Cat Who Smelled a Rat*, 2001）、《沿溪而上的貓兒》（*The Cat Who Went Up the Creek*, 2002）、《搗塌房子的貓兒》（*The Cat Who Brought Down the House, 2003*）、《會講土耳其話的貓兒》（*The Cat Who Talked Turkey*, 2004）、《油腔滑調的貓兒》（*The Cat Who Went Bananas*, 2004）、《扔個炸彈的貓兒》（*The Cat Who*

Dropped a Bombshell, 2006）、《有六十條貓鬚的貓兒》（*The Cat Who Had 60 Whiskers*, 2007）、《嗅出煙味的貓兒》（*The Cat Who Smelled Smoke*，未刊稿）。

她還有三本短篇小說集：《有十四個故事的貓兒》（*The Cat Who Had 14 Tales*, 1988）、《貓偵探的私生活》（*The Private Life of the Cat Who……*, 2003）、《長短故事集》（*Short and Tall Tales: Moose County Legends*, 2003）。

我之所以不厭其煩地列出"貓探案"的書目，並非想把稿子拖長好多賺稿費，而是因為從這些書的名目，就可以看出那是些很有趣味、可讀性很高的書，希望讀者看了這一書目，會引起到圖書館找尋這些書來閱讀的興趣。

　　第二次世界大戰後，過去雄霸世界偵探推理小說文壇的歐美，就其作品之質與量來說，已大不如前，東方的日本崛起，眾多日本作家一躍而成為世界推理小說文壇之巨擘。

　　就日本偵探推理小說的發展歷史而論，起步確實是落後於歐美的，歐美由於工業革命和政治變革，資本主義法制的形成較早，偵探小說這一文學品種也隨之而來，應運而生。可是日本長期由幕府將軍專權，又維護天皇政制。資本主義得以發展，是明治維新之後的事，故此日本的偵探小說最初出現也是在明治末年。在明治之前，日本也有類似中國公案小說的作品，井原西鶴（1642-1693）在 1689 年就模仿中國公案小說，寫了一部《本朝櫻陰比事》（1689），但公案小說和偵探小說是有很大差距的。日本文學中最早的偵探小說是翻譯外國的作品，作家神田孝平（1830-1898）翻譯了荷蘭的刑事案件小說《和蘭美政錄》中的一篇〈楊牙兒奇談〉（1877），載於明治十年（1877）的《花月新誌》。其實中國在清末，林琴南等人已大量翻譯外國偵探小說，可是偵探小說在中國至今仍未能蓬勃發展，確實是個發人深省的問題。清代是君主專制，自然是皇帝老子說了算數，辛亥革命後，經歷軍閥混戰、八年抗戰，從國民黨到共產黨執政，至今中國仍未真正實行民主法治，偵探小說是維護法治的，在人治的社會中自然受到壓制，無法發展起來。日本明治維新，雖然保存天皇政制，但肯吸收西學；資本主義得以發展，隨之而來必然要實行法治，以維護資產階級的利益，所以偵探小說也有了發展的土壤。

神田孝平是日本明治時代著名的經濟學家和政治家，他將荷蘭的政治、法律制度介紹到日本，與介紹英國自由主義經濟學的福澤諭吉（1835-1901），同為當時日本思想界之先行者。神田孝平後來曾任元老院議員及貴族院議員，對近代日本學術發展頗多貢獻，曾受封為男爵。他在介紹荷蘭法制方面的著作有《和蘭政典》（1869）、《和蘭邑法》（1872）、《和蘭州法》（1872）、《和蘭司法職制法》（1872）等，另欲刊行《和蘭美政錄》，將外國的推理小說譯介到日本。所謂美政錄實為愛倫・坡《莫格街謀殺案》

一類的推理短篇或根據事實潤色而成的案例，計劃譯十一篇。他將其中兩篇譯出，題為《死刑彙案》。1861 年他將這份手稿借給成島柳北（1837-1884）看，柳北看了感到有趣，於是將這份手稿帶到當時的幕府將軍家去。可是不久就發生了明治維新，混亂的政局之中，這本手稿竟下落不明。後來柳北的朋友在舊書攤發現了〈楊牙兒奇談〉的手抄本一冊，乃是《和蘭美政錄》其中的一篇，於是購下賜贈柳北作紀念品。柳北此時主辦雜誌《花月新誌》，就在雜誌中刊載出來，後來在 1886 年由薰志堂出版單行本。柳北對神田孝平的譯稿有多處刪削，曾引起神田孝平不滿，據說神田孝平在 1891 年《日本之法律》雜誌發表過這兩篇小說，可是卻一直查不到這些文章，學者吉野作造博士（1878-1933）曾多方追查，甚至到神田家中去搜尋，也不見下落，直到 1930 年才發現原來這兩篇手稿遺落在神田的抽屜後邊的空檔裏，這才得以重見天日。

到了明治二十一年（1888），另一個作家黑岩淚香（1862-1920）感到翻譯外國小說在日本讀者中難以引起共鳴，於是他將外國作品加以改裝，換上日本的時代背景，連人物的名字也換成日本人的姓名，以便讓日本讀者更易於接受。他運用了西方作品的情節橋段，改裝成 "日本版" 的小說，由於他的文筆明快生動，這些小說很快就受到讀者歡迎。日文 "探偵小說"（即 "偵探小說") 一詞，更是黑岩淚香在 1891 年發表的小說《美人獄》（1891）一書中最先提出的。其實這種改裝的翻譯方法，與清末林琴南的做法大致相類。黑岩淚香的這些小說既不是純粹的翻譯，也不是純粹的創作，而是取其情節，加以改寫，實不足以效法，但無可否認，在翻譯文學之初期階段，起了一定的譯介作用。

不過真正可稱為日本推理小說之最初作品者，當推黑岩淚香之《無慘》（1889）。黑岩淚香本名黑岩周六，1862 年 9 月 29 日出生於日本高知縣安芸郡，十七歲離開故鄉到東京，曾熱衷於當時盛行的政治演說，1883 年以後他曾任多間報紙的主筆，1885 年開始翻譯外國作品，大受讀者歡迎。《無慘》發表於 1889 年，可以說是他的創作了。黑岩淚香在 1892 年創辦了《萬朝報》，1902 年創立 "理想團"，對於偵探小說在日本的推介、傳播是功不可沒的。他逝世於 1920 年，一生以譯著為多，創作只有一本《無慘》。差不多與《無慘》同時出現的作品，還有須藤南翠（1857-1920）的《殺人者》（1888），和右田寅彥（1866-1920）的《平家姬小松》（1890），可惜當時讀者愛看譯著，對創作反而忽視。

《無慘》分上中下篇，上篇〈疑團〉展示出事件顛末之疑問；中篇〈忖度〉為推理之過程；下篇〈冰解〉是解破疑團之結局。這三部分完整地構成了典型的本格推理小說，足見作者已深刻理解現代偵探小說的特色。

這部小說是以築地海軍基地發現男屍開始，展開情節，根據屍體的線索，只發現死者的頭髮和頭部的奇怪傷痕。負責搜查這一案件的有兩個人，一個是舊幕時代的警官，此人經驗豐富，見多識廣，主張調查追索進而破案；另一個則是剛加入警界的新人，他信奉西洋的科學知識和理論，認為以科學推理可以破案。他們各以各的方法來追查兇嫌。前者窮追猛打，步步深入，終於將犯人偵查出來；後者運用邏輯推理的方法，幾乎是同時查出兇手，兩人方法雖異，卻都能破案，結果不分上下，但有這兩人各施各法的比賽，大大增加了小說的趣味。不過黑岩淚香顯然是推崇後者的科學推理的，他認為前者之所以能破案，只是因為偶然的機會才獲得成功。

《無慘》可以說是日本最早之推理小說創作。到今日經一個多世紀的發展，日本的推理小說已成為一個重要的文學流派，再看神田孝平和黑岩淚香的作品，自然感到幼稚，但這些早期作品起了很大的開創作用，應該得到公正評價的。

由於黑岩淚香的小說受到歡迎，一時之間，不少作家都仿效他，將外國小說改頭換面弄成＂日本版＂，其中主要的有丸亭素人（1864-1913）、原抱一庵（1866-1904）、水田南陽外史（1869-

1958），及後硯友社一派，他們發現偵探小說讀者日多，也動員其一派的作家參與這種創作，他們有江見水陰（1869-1934）、泉鏡花（1873-1939）、石橋思案（1867-1927）、中村花瘦（1867-1899）等，其中以泉鏡花最出名，成績也大。但這類作品大多流於粗製濫造，沒有多大文學價值，充其量也只是迎合市井興趣的流行小說罷了。

　　當然，偵探小說這樣一種為讀者歡迎的文學樣式，也引起了不少大作家的興趣，在大正年間，著名作家如谷崎潤一郎（1886-1965）、佐藤春夫（1892-1964）、芥川龍之介（1892-1927），都曾以偵探小說的形式來寫小說，或是寫些帶有偵探推理趣味的作品。不過，他們主要寫的不是偵探小說，而是嚴肅的文藝小說，所以一般人都不把他們視為偵探小說作家，但他們所寫的偵探小說卻是相當精緻的作品，對日本偵探小說的發展，帶來了一定的影響。

　　真正使日本偵探小說登上文壇的，是江戶川亂步（1894-
1965）。他被認為是"日本推理小說之父"，可以說是日本第一個認
真寫作推理小說的作家。

　　江戶川亂步本名平井太郎，1894年10月21日出生於日本三
重縣名賀郡名張市。他的父親平井繁男曾受過大學教育，在大學
畢業之後，在官廳供職，後來經商創辦了平井商社。亂步幼時甚
得父母疼愛，他表面上跟一般孩子一樣活潑好動，實際上卻有著
文靜內向的性格，他幼年有怪癖，從不肯脫襪子光腳下地，也不
愛做劇烈運動，而喜歡躲在家中看小說。他自幼身體不好，常患
感冒，每逢生病，母親就為他講黑岩淚香翻譯的外國偵探小說，
到他讀小學時，已大量閱讀這類作品了。小時候的閱讀經驗，培

養了他對偵探小說的興趣，也為他的一生定了調子。

他的童年時代是在無憂無慮中度過的，到了十七歲，家庭經濟發生了很大變化，1912年由於戰爭影響，日本經濟不景氣，他父親經營的平井商社也因而倒閉，家庭陷於破產，他投考高中的夢想也破滅了。他父親帶了他到朝鮮去墾荒，但亂步體弱多病，幹不了重體力勞動，不得不回到日本。最後，他考進了早稻田大學預科，開始半工半讀的求學生活。1913年他在早大入了經濟系攻讀，但他是個窮學生，家裏沒錢供他讀書，他得在課餘工作，幹過很多不同的職業，在印刷廠當過學徒工，當過政治刊物的記者，為人家補習過英文，還到圖書館當過管理員。他一有空就泡在上野、日比谷的圖書館裏，如飢似渴地大量閱讀各種書籍。也許是由於工作過多，結果大學畢業時沒有拿到什麼學位。

二十歲那年，他第一次閱讀外文的偵探小說，被深深地吸引，他在看一本叫《奇譚》的小說時，突發奇想，認為自己也有能力寫出同樣有趣的小說。他曾打算到美國去學英文並從事偵探小說創作。但是，他是平井家的長子，一家人的生活重擔壓在他的肩上，他終於放棄了出國的幻想，在畢業後到大阪的一家洋行工作，當一個平庸的洋行職員。

亂步的性格是不合適當文員的，加上他身體不好，所以時常到溫泉去散心，在溫泉結識了一個漂亮的女招待，使這個二十多歲的青年心旌搖曳，可是這是一次不能開花結果的戀情，結果他帶著一顆破碎的心離去。事業和感情的不如意，使他大受挫折，於是離開大阪回到三重縣，在鳥羽造船廠當一個事務員，他憋了滿肚子悶氣，經常借酒消愁，結果欠下了一屁股酒債，趁夜逃往東京。

這個浪漫不羈的年輕人在東京又結識了一個叫村山隆子的少女，兩人很快就熱戀起來，可是他卻在談婚論嫁之時把她拋棄掉了，這種對愛情不負責任的態度，招致了朋友的批評和指責。隆子因為思念他，憂愁成疾，他也深感過意不去，寫信向她正式求婚，隆子不藥而癒，答應嫁給他。可是他窮得要命，結婚後只有把棉被都當掉來維持生活。隆子的哥哥見他如此落魄，介紹他到東京都政府社會局工作，結果他只幹了半年又辭職不幹。

儘管生活十分困苦，他對寫作偵探小說的創作慾望卻有增無減，在東京有位川崎先生鼓勵他寫作，於是他以 "江戶川藍峰" 為筆名，寫作了處女作《石頭的秘密》，他滿懷希望這篇小說能一舉成名，誰知投出後石沉大海，這使他十分失望，也覺得沒臉再見川崎，悄悄帶了妻子離開東京往大阪，到《時事新聞》報社去當了半年記者。但這個職業也沒幹多久，他又回到東京，在工人俱樂部當過書記長，又在一家賣髮油的公司當過經理，可是這些工作都不對他的口味，沒幹多久又辭職不幹了，最後帶了妻子和孩子回鄉下父親的老家去。

在鄉間閑居時，窮極無聊，他把小時候收藏的偵探小說翻出來看，又激起了他的創作慾望，於是把舊箱子翻過來當桌子，埋頭寫作，寫了兩篇推理小說《兩個銅板》（1923）和《一張車票》（1923），都是在《新青年》雜誌上發表的。他這次用"江戶川亂步"這個筆名，他這個筆名的日文音讀作"艾特加華倫坡"，這表現出亂步對愛倫‧坡這位推理小說始祖的尊崇。他把它們寄給作家馬場孤蝶（1869-1940），希望能得到機會發表。可是他直到這時仍文運不濟，馬場並不欣賞這兩篇作品，對他十分冷淡，根本看不起這個初次投稿的作者。這大大傷了亂步的自尊心，他一氣之下，向馬場討回這兩篇稿子，把它們投向森下雨森主持的雜誌《新青年》。《新青年》是一本專門刊登西洋偵探小說的雜誌，亂步在心灰意冷之時，姑且投去，實不敢抱很大希望。誰料森下雨森收到了這兩篇小說，展讀之下，感到大吃一驚，想不到日本也有人能寫出可以媲美西洋偵探小說的作品，他認為亂步很有才華，連夜跑去訪問亂步，對這兩篇小說給予了很高的評價，並鼓勵他繼續創作。森下雨森的確有見識，能獨具慧眼，賞識江戶川亂步。

千里馬遇伯樂，實乃一大幸事。這兩篇小說在大正十二年（1923）發表，立即受到文壇重視。從此之後，亂步的創作就不斷地在報刊雜誌出現。大正十四年（1925）他發表了《D 坂殺人事件》（1925）、《心理試驗》（1925）、《人間椅子》（1925）、《屋根裏的散步者》（1925）、《赤色部屋》（1925）等，都大獲好評。森下雨森也專門為文對亂步的小說加以評論，推崇備至，亂步在恩師的提攜下，成了一個小有名氣的偵探小說家。他的小說《人間椅子》的想像力極令人吃驚，這篇小說運用書信體寫成，描寫一個面容醜陋的製椅匠，暗戀一個女作家，竟把自己設計在一張椅子裏，每當那女作家坐在椅上，就像坐在他的懷裏，他像擁抱著她。

短篇偵探小說獲得成功之後，亂步開始長篇小說的創作，大正十五年（1926），他發表了《奇幻島》（1926）、《矮人》（1926）等，在《朝日新聞》連載，聲譽更隆。但是，也引起了某些純文學派評論家的批評，認為他的作品粗糙而缺乏文學性。亂步在受到批評後，精神大受打擊，昭和二年（1927）宣佈封筆。他離家旅行，過了一年的流浪生活。回到家中後，因扁桃腺要動手術，他一直沒有再寫作。1928 年有一個作家，署名"川口松太郎"，在報上發表了一篇文章，幸災樂禍，極盡挖苦之能事，題目是〈亂步的偵探小說已經滅亡〉。這篇評論文章引起了另一位同情亂步的作家甲賀三郎（1893-1945）的義憤，寫了一篇〈亂步即將復活〉的文章予以反擊。亂步在病中看了這些文章，大受刺激，扁桃腺手術後，即提筆寫作，在《新青年》發表了著名的小說《陰獸》（1928）。從此，他不停地寫作，1929年有《男人的旅程》（1929）、《妖蟲》（1929）、《孤島的鬼》（1929）、《蜘蛛男》（1929）等作品，1930年更有長篇《黃金面具》（1930）、《魔術師》（1930）在大眾雜誌上發表，在讀者中引起了熱烈的反響。1931年平凡社出版《江戶川亂步全集》時，亂步的聲譽已達到了巔峰狀態。

很令一般讀者驚訝的是，1932年亂步在聲譽的高峰，突然又宣佈封筆，這是他第二次封筆了。這次封筆和上一次不同，上一次是因為受到攻擊批評，這次卻是在名利雙收的時候，其實亂步對名利已看得很開，加上他浪漫不羈的性格，不願為名利所役，他帶了妻兒，到處旅行，答應了給《新青年》寫的稿子《惡靈》，曾三番兩次脫期，致使讀者怨聲載道。

亂步的知交橫溝正史（1902-1981）也是個偵探小說作家，他十分了解亂步的性格，當時橫溝正史身患中風，他在床上寫了一封致亂步的公開信，批評和勸告亂步，其中指出：「亂步常常被自己的自卑左右，對事業不盡職，是個可憐的悲劇人物。」亂步對好友的批評十分重視，他反省了自己，覺悟到自己的行為太過荒唐，於是決心改正，再次熱情地投入到創作中去。

1930年代，亂步創作了《怪人二十面相》（1936）、《少年偵探團》（1937）等新作，完全是以青少年為對象，吸引了全日本的青少年讀者，亂步的創作又開拓了一個新天地。日本幾乎每一個青少年都知道"明智小五郎"這個人物，可以說是一個家喻戶曉的英雄。

可是，這時日本已走上了侵略戰爭的道路，軍部在國內對偵探小說實行壓制，而提倡軍國主義文學，1939年3月，日本很多雜誌和出版社都被封禁關閉了，日本整個文壇頓時一片沉寂，亂步不願為軍閥唱讚歌，於是又一次擱筆。

直到第二次世界大戰結束，沉默了很長一段時間的亂步，才重振旗鼓，提筆寫作。戰後初期，日本到處是廢墟一片，出版業也是十分蕭條。殘酷的戰爭卻使孤僻的亂步大大改變了性格，他面對著東京的殘垣斷壁，一點也不消沉，反而說："現在該是推理小說復興的時候啦！"他和幾個朋友創辦了專門刊登偵探推理小說的《寶石》雜誌，雜誌的編輯部就設在他的家中。

戰後日本軍閥思想受到控制，政府不再禁止偵探小說，經《寶石》提倡，偵探小說風行一時。亂步也看出了局勢的變化，戰後純文學作品沒有市場，很難推廣普及，而大眾文學卻有很好的發展機會。

戰後是亂步創作的另一階段，他發表了《化人幻戲》（1955）、《幻影城》（1951）和《續幻影城》（1954）等，都是傳頌一時的佳作。1946年他為了團結推理作家，以研究探討為目的，舉辦並主持了每個星期六的作家集會。1947年成立日本偵探作家協會，亂步擔任了會長。1949年是美國作家愛倫‧坡逝世一百周年，日本文藝界大搞活動，亂步更成為引人注目的人物，他出版了《偵探小說三十年》（1954），總結並評價了自己一生的創作。1952年他被選為日本偵探小說作協的名譽會長。

在亂步不遺餘力的培養提攜下，日本新一代的偵探小說作家成長起來了，這時已經名利雙收的亂步，決心把自己經過漫長奮鬥才從社會得來的財富，還諸社會，他在昭和二十九年（1954）十月三十日的一個宴會上，提出拿出上百萬的金錢，設立"亂步賞"，這是獎給最佳推理小說的文學獎。

1961年，日本天皇鑑於江戶川亂步的創作成就和為推理小說界作出的卓越貢獻，頒發給他紫綬褒章。1963年日本成立推理小說家協會，亂步被推選為理事長，但他只出任了七個月，終因身體支持不住而辭職。1965年7月28日，這位曾為日本推理小說作出卓越貢獻的作家因腦溢血病逝，享年七十一歲。

綜觀江戶川亂步一生及其創作，可以說他是名符其實的當代日本推理小說之父。亂步一生創作了很多本偵探推理小說，其中"明智小五郎"這個智慧超群的偵探，足以與福爾摩斯齊名。亂步認為人是殘酷的，社會上出現殺人案件，正說明了人類的獸性，推理小說就是要揭露這類獸性。他的小說通過令人吃驚的想像力，把夢幻與現實結合起來，編出一齣齣動人的戲劇。在日本，江戶川亂步的小說至今仍擁有廣大的讀者，他創造的名偵探"明智小五郎"更是個家喻戶曉的人物。他堅持並代表的"本格派"推理小說流派，後來發展成為"社會派"推理小說的先驅。

　　戰前日本推理小說，由於《新青年》雜誌大力介紹西方偵探小說，並發表日本作家創作的作品，為偵探小說的發展起了推動作用。江戶川亂步的偵探小說風行一時，隨之而來的是大批偵探小說作家的湧現，形成了一個十分熱鬧的局面。

　　除了江戶川亂步外，日本作家如橫溝正史、小栗蟲太郎（1901-1946）等，都先後發表了出色的作品，很快就形成了日本偵探小說的兩大流派。

　　以江戶川亂步為首的一派，被稱為"本格派"，也就是遵循邏輯推理的傳統創作方法的流派。他們認為科學的邏輯推理是偵破疑案的手段，通過綜合分析，排雲去霧，使案情真相大白。這一派的作家有江戶川亂步、角田喜久雄（1906-1994）、甲賀三郎、平林初之輔（1892-1931）、濱尾四郎（1896-1935）等人。

另一派被稱為"變格派"，他們寫的也是偵探小說，不過他們認為傳統的手法太過死板，應予以變化，於是加入了變態心理的描寫，甚至神鬼妖怪也會在小說中出場，但基本上仍是以邏輯推理來解決疑難的。這一派的作品很注重恐怖詭秘氣氛的營造，在藝術上自有其特色。"變格派"以橫溝正史為首，有小酒井不木（1890-1929）、大下宇陀兒（1896-1966）、水谷準（1904-2001）、城昌幸（1904-1976）、夢野久作（1889-1936）、海野十三（1897-1949）、小栗蟲太郎、木木高太郎（1897-1969）、久生十蘭（1902-1957）等人。

這兩大流派並不是對立的，只是寫作風格上有差異，兩派作家則是互相推崇，例如"變格派"的小栗蟲太郎得"本格派"作家甲賀三郎推薦，發表了小說《完全犯罪》（1933），一躍登上偵探小說文壇。橫溝正史和江戶川亂步之間的友誼，更是文壇佳話，橫溝正史對江戶川亂步的深刻了解和懇切批評，使江戶川亂步改變了自卑心理，創作出了精彩的作品。

值得一提的是橫溝正史的創作，他十九歲即開始寫作偵探小說，投稿《新青年》，前期的作品如《鬼火》（1935），充滿了一種淒麗妖艷的氣息。《真珠郎》（1936）具有"本格派"的骨格，卻又有著耽美主義的作風。《人形佐七捕物帳》更是風行一時，講的是美男子捕頭佐七的偵探故事，甚受讀者歡迎，直到戰後，他仍以佐七為主角寫作的系列小說，達兩百篇之多。橫溝正史在戰後的成就更大，戰爭結束後即執筆寫作長篇《本陣殺人事件》（1946）、《彩蝶殺人事件》（1946）、《獄門島》（1947）、《八墓村》（1949）、《犬神家的悲劇》（1950）、《毯謠魔影》（1957）等，創銷售五千五百萬冊的驚人紀錄，其中像《八墓村》、《毯謠魔影》、《犬神家的悲劇》等作品都拍成了電影，充滿陰森詭秘的氣氛，而又具有邏輯推理的結構，可稱為"變格派"推理小說的佳作。

　　儘管"本格派"和"變格派"在寫作風格上各有不同，但他們都為日本推理小說在日後的發展，打下了堅實的基礎。日本的推理小說已由黑岩淚香的"翻譯"逐漸發展成日本作家自己的創作，雖說戰前日本偵探小說仍未發展到成熟的階段，但沒有這一階段，是不可能有上世紀五十年代以後震撼世界推理文壇的成就的。

　　第二次世界大戰結束後，一度被日本軍閥禁止的偵探小說，重新得到發表的機會，受限制的作家東山再起，創作異常活躍。戰後初期，即 1946 年至 1947 年間，出現了日本推理小說的第一個浪潮，當時最活躍的作家有大坪砂男（1904-1965）、香山滋

（1904-1975）、島田一男（1907-1996）、高木彬光（1920-1995）和山田風太郎（1922-2001），號稱為“戰後派五人男”，也即是“戰後派五雄”的意思。推理小說由於戰爭而產生的空白得以填補，這一時期的創作，質素不亞於歐美的作品，不乏長篇巨著。以江戶川亂步為首的戰前派作家，如橫溝正史、木木高太郎、大下宇陀兒、角田喜久雄等，都陸續發表新著作，形成了推理小說空前興盛的局面。

第一次浪潮的“五雄”，其作品具有西方推理小說的質素，不論是“本格派”還是“變格派”，都是以邏輯推理為破案的構思，實質是偵探小說固有形態之延續。這些小說有很強的虛構性，文風則顯得朦朧幽暗，給人以壓抑之感，這反映了日本人經受戰禍及美軍佔領下的特殊心態。他們都有一批擁護者，大多是喜愛這種風格的讀者。但是，過了幾年，這類作品就顯得太過抑鬱，形成了一股沉滯的氣氛，籠罩了日本推理小說界，亟需有一次突破。

這種沉滯一直持續到 1957 年，終於出現了仁木悅子（1928-1986）和松本清張（1909-1992），一掃舊有的風氣，帶來了推理小說新時代的誕生，新型的推理小說得以脫穎而出，掀起了日本推理小說的第二個浪潮。

日本推理小說這一重要的飛躍，歸功於仁木悅子和松本清張兩人，他們使推理小說的讀者面得以擴大，過去 "戰後派五人男" 的作品，受眾只局限於那些愛好推理小說的知識分子，而在第二個浪潮中，讀者面從少數擁護者擴大到一般的大眾，使推理小說得以產生劃時代的飛躍。小說的質量與面貌都有了極大的改變，可以說是在日本推理小說發展史上掀起了一次意義重大的革命。在這次革命中，松本清張的功績很大，但是役的導火線，則是仁木悅子以一本《貓知道》（1957）奪得江戶川亂步獎而直接引燃的。

江戶川亂步獎是江戶川亂步為日本偵探作家俱樂部提供百萬日元為基金而設立的大獎，意在獎勵日本作家對推理小說的創作。設立此獎得到推理小說界的擁護，但也引起文藝界一些純文學派人士的不滿，其中如《文藝春秋》的社長池島信平（1909-1973）就公開表示："從未聽說過有人在有生之年就以其名設獎的。" 以過去一般的文壇常識來看，確實大多是以已故的作家命名設獎，諸如芥川獎，以表彰已故作家芥川龍之介在文學上的業績，但推理小說界卻以還活在世上的江戶川亂步設獎，根本是打破了慣例，但卻大大活躍了推理小說的創作。江戶川亂步是不理這些世俗意見的，而推理小說界則以得此獎為至高的榮譽。

亂步獎一年頒發一次，獎給在推理小說創作上有業績的人，對象包括在創作、翻譯、評論、編輯等方面有實績者，評選委員為江戶川亂步、木木高太郎、大下宇陀兒、長沼弘毅（1906-1977）、荒正人（1913-1979）。獎品有一座福爾摩斯座像，是由著名雕刻家崛進二氏塑造的，另外還從百萬日元基金中提取每年的信託利息七萬日元，其中五萬日元作獎金，兩萬日元作授獎大會的經費。第一屆得獎者是編寫《偵探小說辭典》（1955）的中島河太郎（1917-1999）。仁木悅子是第三屆亂步獎得主，也是第一個日本推理小說作家獲得這一大獎。

過去寫推理小說的日本女作家不多，其中以大倉燁子（1886-1960）和宮野村子（1917-1990）最有名，但戰後這兩位女作家都停止了創作活動，日本推理文壇上幾乎沒有了女作家的創作，故此仁木悅子這位女作家的出現，引起了很大的轟動。在仁木悅子之後，就湧現了很多女作家，如新章文子（1922-2015）、戶川昌子（1931-2016）、夏樹靜子（1938-2016）、井口泰子（1937-2001）、山村美紗（1934-1996）、藤本泉、栗本薰（1953-2009）、南部樹未子（1930-2015）等。

從第三屆亂步獎起，大獎的性質有所改變，大多獎給長篇創作，仁木悅子的長篇《貓知道》是第一本獲獎的作品。《貓知道》這部作品是評選委員會從九十六篇應徵作品中挑出來的，在1957年9月做出的決定。

在這之前，誰也不認識仁木悅子，但是《貓知道》獲亂步獎的消息一公佈，就引起了空前的轟動。過去日本推理小說只印行幾千冊，但《貓知道》一出版不到半年就銷光了十幾萬冊，在當時是令人震驚的奇蹟。不久，《貓知道》拍成了電影，仁木悅子在日本更成了家喻戶曉的作家，"……知道"成了當時流行的口頭禪。

江戶川亂步過去也不認識仁木悅子，他得悉這位女作家竟是個被病魔纏身、半身不遂的病殘者，覺得十分驚異，對於她雖然長期行動不便卻仍在病床上堅持寫出長篇推理小說的頑強鬥志，感到由衷的敬佩。評判是根據作品的質量來決定的，這本小說以有著壓倒性優勢的票數中選。評選委員會木木高太郎在看了這本作品後說："以前也有過這樣的事例，男作家化名女作家投稿應徵，假如這位作者真是女性的話，從作品中對於醫院生活描寫的精確程度來看，我認為這位作者要不是個女醫生，準是個看護婦了。"但他卻從未想到作者是個女病人。

直到 9 月 28 日在東京日比谷的日活大酒店六樓的"銀廳"舉行頒獎儀式時，大家才見到仁木悅子的廬山真面。當時大家只知道仁木悅子有病，可能本人不會出席，準是由她的家族派代表來領獎。時刻到了，只見六個穿白衣服的男人抬著一張輕便病床，上面躺著蓋了被子的仁木悅子，由她哥哥大井義光和一些親友陪同，走進了銀廳。當時在場的人頓時鴉雀無聲，一片肅穆，跟著爆發出山呼海嘯般的掌聲。這是仁木悅子除了在戰時曾疏散逃難外，二十多年第一次離家出門呢。後來她回憶說："我很喜愛童話，走進豪華的會場大廳，看見掛著閃閃發光的水晶吊燈，我還以為自己走進了童話王國裏的宮殿呢。"

在記者照相機的閃光燈中，人們都激動得含著熱淚，望著江戶川亂步親自走上前去，頒獎給仁木悅子。木木高太郎作為偵探作家俱樂部會長跟著講話："我認為《呼嘯山莊》（*Wuthering Heights*, 1847）一書，在英國文學史上，佔有不朽的名聲。愛米妮·勃朗蒂（Emily Jane Brontë, 1818-1848）應是激勵仁木君的一個例子，勃朗蒂同樣也是病魔纏身，無法出家門，她卻寫出了那樣的名作。仁木君雖然也有病在身，也定能寫得出媲美以上作品的好書。"

仁木悅子其實比愛米妮·勃朗蒂更不幸，她原名叫大井三重子，1928 年 3 月出生於東京，由於父親工作的關係，全家搬到富山縣的高岡居住。她四歲得了結核性胸椎骨疽病，雙腳癱瘓，半身不遂；七歲那年父親去世，接著母親也亡故，只剩下比她大十歲的哥哥大井義光跟她相依為命。父母雙亡，自己又疾病纏身，幼小的悅子是多麼悲苦啊，幸好有她哥哥給她溫暖的愛，像看護一般無微不至地照顧她，而且還擔負起教育她的重擔。由於悅子根本無法上學，哥哥買來了一年級的課本，每天在自己放學回家後教她讀兩小時的書，使她能達到女子學校三年級的程度。

戰爭爆發後，他們得從富山疏散，當時已十六歲的悅子，由哥哥揹著，到處奔逃，寄住在鄉間的農舍。可是，哥哥緊接著就被徵召上了前線，本來系統進行著的家庭教育中斷了，從此悅子得靠自己維持生活和學習，她聽收音機和看書，養成了細密思考的習慣。兩年後，哥哥復員歸來，她的學習也得以繼續。悅子有今日的成就實與她哥哥的愛心與教導是分不開的。

像悅子這樣一個躺在病床不能行動的人，能夠寫出五百頁的作品，確實是很不容易，比一般作家要艱辛多倍。她躺在床上，左手握住一塊厚紙畫板，將原稿紙固定在畫板上，然後用右手一筆一畫，像雕刻一般寫在紙上，這比一般人書寫要費勁得多。一個正常人寫一本長篇也會累得要命，更何況一個躺在床上的人？想到悅子這樣艱辛地寫作，不由得令人肅然起敬。

仁木悅子在《貓知道》這本推理小說之前，就曾寫過不少童話，她自幼就十分喜歡童話，她曾用大井三重子的名字，寫過三十多篇幼兒童話，發表在講談社的《兒童俱樂部》和福音館的《母親之友》等雜誌上，後來更結集出版，她也是日本兒童文學者協會的會員。後來她出版有《黏土的狗》（1957），是以兒童為主人公的佳作，後期她對兒童文學仍十分喜愛，故此日本人稱她為"愛好童話的日本克莉斯蒂"。

自從得到亂步獎後，《貓知道》獲得極大的成功，不僅售出幾十萬冊，而且還拍成電影，這使仁木的經濟狀況得以改善，她能進醫院去動手術治療殘疾，經過五次手術，終於獲得成功。更有趣的是，她在住院的時候，結識了一位翻譯家，後來同他結了婚，婚後生活相當幸福，她除了自己不斷寫作外，有時還幫助丈夫搞翻譯工作呢。

仁木悅子的作品具有一種明朗健康的風格，《貓知道》的發表，無疑像引爆了一個炸彈，掀起了一股旋風，掃蕩了前十年那種沉滯鬱悶的空氣，使日本推理小說進入了一個新的時期，所以評論家認為"第二個浪潮"起於仁木悅子，加上同一年松本清張也發表了他的代表性推理小說作品《點與線》（1957），更是摧枯拉朽，盡蕩頹風。事隔幾十年，回顧日本推理小說的發展，兩位作家在當時發表這兩本作品，實在具有劃時代的意義，他們對日本推理小說的貢獻是功不可沒的。

《貓知道》一書中，作者塑造了一對兄妹偵探的形象，哥哥仁木雄太郎是植物系大學生，妹妹悅子是音樂系學生，這對兄妹實際上是作者兄妹的化身。這對兄妹偵探後來還在悅子其他的作品，如《林中小屋》（1959）、《有刺的樹》（1961）、《黑色緞帶》（1962）中再次出現。

《貓知道》和仁木悅子其他作品一樣，具有一種女作家所特有的細膩的質素，雖然她長期臥床，但對於事物的細緻觀察，精細得令人難以置信。《貓知道》這本小說是按"本格派"的手法寫作的，是一本尊重邏輯的正規推理小說，即使現在來看，仍不能不佩服作者佈局的精密，伏線安排得不著痕跡，隨著仁木兄妹，這兩個"業餘偵探"入住箱崎醫院二樓租住的空房開始，接觸到醫院中的各色人等，情節在讀者還未注意時就迅速展開，很多伏線在不知不覺中就像地雷般被埋下。直到讀到最後的章節，才會發現一切都有前因後果，很多細節具有重要意義，稍微粗心大意就會放過的線索，在最後都會一一收攏起來。其構思的巧妙，令人拍案叫絕。

很多男作家寫推理小說，會具有一種豪邁粗獷的作風，這是和女作家的不同之處。仁木悅子像很多女作家一樣，筆觸鋒利，但卻十分細緻，在細微的特寫、一些小動作的描述，和一些小問題的處理方法上，都能夠體現出一種女性特有的細心和謹慎，這正是男作家往往缺乏的質素。這也許正是《貓知道》能在九十六篇作品中勝出的原因吧。

仁木悅子並沒有因《貓知道》的成功而故步自封，她接著創作了很多本同樣精彩的小說，她的第二本長篇推理小說《林中小屋》，仍由仁木兄妹登場，以悅子接到一個電話，聽見一聲慘叫開始，發現了在林間的一間別墅小屋裏發生的謀殺案，案情同樣錯綜複雜，最後這對“業餘偵探”終於把謎團解開。第三本小說是《殺人線路圖》（1960），在這本小說中作者塑造了一個做新聞記者工作的偵探。第四本小說《有刺的樹》和第五本小說《黑色緞帶》，都是仁木兄妹作主角的。此外，悅子還著有《兩張底片》（1964），描寫一間公寓發生房東被殺的事件，這間公寓住有很多人，關係複雜，這次登場的偵探是一對年輕夫婦，通過他們和兇手的鬥智，歷盡驚險，終於破案；《枯葉色的街》（1966）描寫一個貧窮而又善良的青年和一個在書店工作的少女，被捲進兇案的漩渦；《冰冷的街道》（1971）的主角是個私家偵探。

悅子的作品很多，以上所舉只是她的代表作。她在作品中所塑造的偵探，都精明能幹，具有一種健康明快的作風。一個身有殘疾的女作家，能寫出這樣一些充滿樂觀主義精神、健康爽朗的推理小說，實在是人間的奇蹟。

悅子從欣賞外國推理小說開始，進而創作自己的作品，她沒有受到當時日本推理小說界那種陰森文風的毒害，也沒有被當時流行的矯揉造作的文體所影響，而以自己清新簡樸的文筆寫作，所以《貓知道》一出現，就使日本推理文壇振奮起來，讀者也增加了十倍以上，為日本推理小說的發展開闢了新路。

　　日本推理小說的發展，以仁木悅子的《貓知道》獲獎為開端，開始了變革舊偵探小說的浪潮，但真正開一代風氣之先的是松本清張。松本清張開創的"社會派"推理小說，使推理小說擺脫了"本格派"或"變格派"的陳舊模式，深刻地反映社會現實，為日本推理小說開闢了一條新路。假如說江戶川亂步是日本偵探小說的開山祖師，那麼松本清張可以說是日本"社會派"推理小說的一代宗師。

　　過去日本偵探小說在文學上的地位是不高的，純文學的作家看不起推理小說，認為它們是流行作品，不登大雅之堂。推理小說被人認為只是娛樂雜誌的裝飾品或配菜，推理小說作家也感到在文學界中低人一等，有自卑感。松本清張異軍突起，以一個純文學作家的身份投身推理小說創作，使推理小說具有純文學的特色，也為純文學開闢了新的路向。

在仁木悅子《貓知道》出現的同一年，早已因《〈小倉日記〉的故事》（1952）獲純文學獎項，即第二十八屆芥川獎的松本清張，已是一個頗有名望的純文學作家，他以推理小說《顏》（1956）在1957年獲得日本偵探作家俱樂部第十屆的大獎，轟動了日本推理小說界。因為松本清張當時並非是推理小說作家圈內的人，所以在東京虎之門的晚翠軒舉行頒獎儀式時，人們都帶著好奇的心理，想看看這位作家會如何表現。由於過去日本偵探作家俱樂部曾將一次大獎頒給過一位純文學作家坂口安吾（1906-1955），結果頒獎時坂口因病不能出席，由《寶石》雜誌總編輯武田武彥代領，所以這次大會估計純文學作家松本清張未必會來領獎。結果出乎大家意料，松本清張準時出席了。這次大獎是所有評判人員一致通過，決定發給松本清張的，木木高太郎、江戶川亂步、長沼弘毅、中島河太郎、渡邊啟助（1901-2002）和高木彬光等人紛紛和松本握手，對他稱讚祝賀。當時松本四十八歲，黑黑瘦瘦，穿著一身黑色西服，像個普通的文員，但他那雙在粗框眼鏡後的眼睛，充滿著鬥志。他在致答謝詞時，站起來很謙虛地說："我十分感謝諸位推理作家前輩的好意。"一點也沒有純文學作家高人一等的架子。這也打破了日本文壇的門戶之見，松本的成就不只是提高了推理小說在文學藝術上的地位，實際上也是為走進了死胡同的、脫離生活的純文學開創了一條現實主義的新路。

日本是一個很重視等級資歷的國家，沒有大學學歷就做不了某些職業，等級差別有如一道無形的牆，對人們在精神上和物質上進行殘酷的虐待。可是，松本清張在填履歷表時，毫不諱言自己只有小學程度。一個只唸過小學的大作家，這正是松本清張創造的人間奇蹟。

1910 年 12 月 21 日，松本清張出生於一個貧苦家庭，本來他還有兩個姐姐，可是都因家貧而夭折，他是家中唯一的孩子。由於貧困，他只讀到小學畢業就離開學校，沒有辦法繼續升學，只能到一家電器店去當學徒，之後又在一間印刷廠當石版繪圖的學徒。一直到 1937 年，他進了《朝日新聞》報社的福岡分社，當了計件工，到 1942 年才成為正式工，在廣告部搞設計。在第二次世界大戰期間，他被徵召入伍，派到朝鮮去。戰後仍回到九州在《朝日新聞》分社工作。這時松本已經四十歲，得負擔一家八口的生活。

雖然松本清張只受過小學教育，但他十分好學，看過大量的文學書籍，他讀過杜斯妥耶夫斯基（Fyodor Mikhailovich Dostoevsky,

1821-1881）的《罪與罰》（*Prestupleniye i nakazanie*, 1866），也讀過高爾基（Maxim Gorky, 1868-1936）的《底層》，他生活在工人當中，受到無產階級文學理論的影響。他在當學徒時，就希望將來當記者，但他直到四十歲，仍未真正從事文學創作。

為了養活一家八口，在戰後那段經濟困難的日子裏，松本賣過掃把，賣過燒餅，為掙點口糧養活家人而到處奔走，受盡屈辱。但是，他卻動了寫小說的念頭，剛巧《朝日新聞》舉辦了"百萬人小說"的徵文比賽，第一名可獲三十萬日元的獎金，對支撐八口之家的松本來說，是充滿吸引力的。他因工作查閱百科全書，看到了"西鄉札"的條目，靈機一動，覺得可以寫成小說。當時他連墨水筆也沒有，買了支鉛筆和紙質很差的本子，在家裏、在報社，一有空就寫草稿，有時寫上兩頁，有時寫上五六行，每晚下班後更寫到深夜，因為從動筆到截稿，只有二十來天時間。結果這篇《西鄉鈔票》（1950）得了第三獎，他獲得了十萬日元獎金，後來聽說本來可以得第一獎的，只因為松本是主辦單位《朝日新聞》社的職工，所以內部決定只給三等獎。不過，這篇小說的確寫得很好，還在《別冊週刊朝日》上發表了，成了那一期直木獎的候選作品。《西鄉鈔票》是松本清張的處女作，這篇小說以明治時代為背景，內容相當複雜，涉及面很廣，寫一個人力車夫和一個官員的小老婆私通，而這個官員又在官場為非作歹，運作發行鈔票，利用通貨膨脹以飽私囊。這篇小說是以社會言情為經，又以政治黑幕為緯，反映了日本社會的畸型現實。這篇小說雖不能與他後期的傑作相比，但已可看出他藝術特色的雛型，它的獲獎使四十多歲的松本有了雄心，從此他源源不絕地寫出了很多精彩的作品。

後來，松本清張又寫了一篇《〈小倉日記〉的故事》，寄給木木高太郎，發表在《三田文學》雜誌上。這篇小說得了芥川獎。日本的芥川獎是純文學的新人獎，一獲此獎，如登龍門，身價百倍。當時的松本仍是報社裏的小職員，住在面積只有六帖、四帖半和三帖的過去兵工廠的工人宿舍，寫這篇名作時正值暑夏，妻子和孩子五個人一塊擠睡在一邊的蚊帳裏，另一邊的蚊帳裏是在熟睡打鼾的老父老母，松本搖著塗漆的團扇，一邊趕著蚊子，一邊奮筆疾書，要不是由於他對文學的強烈熱愛，又怎麼會不理生活困苦而創作不輟呢？

在獲芥川獎後第二年，他在木木高太郎再三催促下，向《朝日新聞》分社提出調職到東京總社去，起初社裏不答應，後來廣告部長和業務局長為他向總編輯講了不少好話，才終於同意他調職。松本把家人留在九州，自己隻身跑到東京，住在叔父家中，一邊工作一邊寫作。一年內，在《文藝春秋》發表了《戰國權謀》（1953）和《菊花枕》（1953）等多篇小說。為了把家人接來東京，他一有空就到處找房子，可是房東一聽到有八口人，都搖頭拒絕。他每天下班後，從有樂町車站，經東京車站轉乘國鐵中央線回荻窪的叔父家，曾多次從十三號站台看見過十五號站台開往九州的特快列車"朝風號"，他當時心裏想："唉，要是能坐上它的話，我就可以回到妻子和孩子們住的博多了。"思家之情，難以排遣。後來，在寫《點與線》時，這一經驗就運用上了，從十三號站台看到十五號站台的"朝風號"，短短四分鐘，成了案件製造第三目擊者的一個關鍵。直到後來，他好不容易在練馬區找到了房子，才把家人從九州接到東京來生活。

從 1956 年起，他辭去了報館職務，專事寫作，最初寫的是歷史小說，如《秀賴走路》（1956）、《陰謀將軍》（1956）、《佐渡流人行》（1957）等，多是以歷史事實為根據寫成的小說；後來又寫了《聲》（1956）、《殺意》（1956）、《共犯》（1956）、《顏》等推理作品，他把小說投向各雜誌，要在日本文壇出頭也不是件易事。

松本初時是向純文學發展的，但純文學的刊物不多，這一時期，松本經常去拜訪名作家井上靖（1907-1991），他曾這樣回憶道："我那時常到井上靖家去，希望碰上一流出版社的編輯過訪，好請井上靖把我的稿子介紹給他們。可是，井上靖對此相當冷淡，當我表示希望能早日出頭，他只是很曖昧地笑笑。井上靖說：即使我推薦說松本君寫了什麼什麼，那些編輯也只會表示禮貌地點點頭，再說下去，他們就沒有好臉色看了。"松本這位日後文壇的大將，在未成名時，也有很倒霉的日子，他談起這段往事時常常苦笑。

在《顏》這本小說集獲得日本偵探作家俱樂部大獎之後，出版社向松本提出寫推理小說的要求，《點與線》首先在《旅》這本雜誌上發表，從 1957 年 2 月登到次年 1 月，整整連載了一年。《點與線》是松本清張的代表作，1958 年 2 月它和《隔牆有眼》（1958）同時由光大社出版，創出了比仁木悅子《貓知道》更暢銷的紀錄，使推理小說成為讀書界最受歡迎的讀物。松本清張的作品掀起的讀書狂熱，使推理小說為大多數讀者接受，其功績至偉，甚至在日本推理小說發展史上，產生了一個以他的出現為文學史分界線的術語——"清張以後"。

在松本清張之前，日本推理小說主要是以佈局為中心，犯罪的動機不外乎是癡情、怨恨、復仇這些類型的，往往忽視了人性的動機。但推理小說到了松本清張手中，則推陳出新，完全改觀。他不只重視佈局和故事性，也努力從動機方面去挖掘人性，他的小說不是平白無故的架空臆造，而是植根於有血有肉的社會現實，例如《點與線》，就深刻揭露了日本官場的貪污黑幕，這正是當時社會注意的焦點，他利用真假結合的藝術手法，將現實糅進虛構之中，寫成情節離奇的小說。他大膽地將政界與企業界勾結的黑霧揭開，讓人們從中找尋答案。《點與線》在結尾時，司法機關沒有辦法將貪污主犯石田司長繩之以法，他反而又升了官，甚至還會再升為副部長、議員。這的確是件令人不愉快的案件，犧牲的只是些小人物，大人物依然飛黃騰達，真是令人扼腕嘆息，正是這樣的結局，更能引人深思，去探求真正的答案。這種現實主義的清新作風，完全改變了過去不論是"本格派"或是"變格派"都有的那種虛構誇張，為強調曲折離奇的情節而脫離社會現實生活的陋習，使推理小說有了尖銳的社會矛盾的衝突和深邃的思想內容。松本清張是推理文壇一個劃時代的巨匠，之所以說"清張以後"，正因為他刷新的歷史，開社會派推理小說之先河。松本清張的《點與線》是一本劃時代的作品，被譽為"世界十大推理小說之一"，他後來發表的《焦點》（1959），是他長篇中獲得評價最高的代表作，也同樣引起轟動，以至在日本全國範圍內掀起了一股"清張熱"，至此日本推理文壇形成了"社會派"推理小說，使作為大眾文學的推理小說突破了舊偵探小說的窠臼，走上了嶄新的歷史階段。"清張以後","社會派"推理小說創作蔚然成風，至今仍方興未艾。

　　松本清張是個多才多藝的作家，他不只是一個推理小說的大師，也寫歷史小說，是個純文學作家，他還是個劇作家、政治評論家，他在古代史和現代史研究方面的學養，使專家也為之嘆服，他還是一個美術家，具有一流的鑑賞目光。他雖然只讀到高小，但他能講流利的英語，在日本推理作家中，英文最好的除了森村誠一（1933-）和三好徹（1931-），就數他了。

　　松本清張是一個有強烈正義感的作家，他公開提出自己的文學主張，認為"文學即暴露"，他曾尖銳地指出："與其追求文章的華麗，毋寧寫出真實的文字。"他的美學觀是"真實的就是美的"。

　　松本在四十歲以前的生活，是另一種生活，是被壓在社會最底層的生活，他曾寫過一本自傳《半生記》（1966），把這種貧困辛酸的生活寫得淋漓盡致。也許正因為他出生在最底層，曾同勞苦大眾共嚐艱苦，所以他養成了冷徹觀察分析世界，推測透視社會百態，識破人心醜惡的能力。他在小說中追求的真實，就是要毫不留情地將人生的險惡公諸於世，他能從眾多角度來揭露日本社會的腐朽與弊端。前面提過的《點與線》揭露了政府與財界勾結，貪贓枉法，同一類的作品還有《波塔》（1960）、《野獸的路》（1964）。而《深層海流》（1962）更將矛頭直指以首相為首的內閣，將各部大員勾心鬥角、爭權奪利的醜惡揭露無遺。松本並不只著眼於政壇財界，如揭露教育界的《蕭瑟樹海》（1960），揭露法律界的《霧之旗》（1961），揭露軍界的《黃色風土》（1961）、《球形荒野》（1960），都將日本社會中人與人的關係深刻地揭示出來，將他們為了名利地位勾心鬥角互相殘殺的醜惡實質展現在讀者面前，的確是讓我們認識人生百態及了解日本社會本質的教材。

我想，松本小說的社會性就在於此。正如他自己所說的，"把偵探小說從神出鬼沒的小天地裏拿到現實主義的外界來。"正因為他的小說已經跳出了舊式偵探小說的框架，成為挖掘社會醜惡勢力之犯罪根源的現實主義作品，這就大大提高了推理小說的社會功能，不再只是供人茶餘飯後作消遣，而開拓了題材面，把它變成了解剖社會毒瘤的一柄鋒利的解剖刀。

揭露黑暗，反映真實，這正是現實主義文學的基本特徵，松本清張從選擇題材，到生動的描寫，都是按照現實主義的手法。故此，他的推理小說有著一種震撼人心的力量。

在松本清張以前，日本的推理小說所描寫的場景，絕大多數只局限在都市裏。過去橫溝正史在《本陣殺人事件》、《獄門島》、

《八墓村》等作品裏，雖有所突破，涉及的場景頗帶地方色彩，但仍只局限於岡山縣某個地方。只有到了《點與線》才將推理小說的場景擴大，甚至可以說南從九州，北至北海道，都市和鄉下，整個日本都成了舞台，讓豐富多彩的生活戲劇在廣闊的舞台上表演。他常以不同的城市、鄉村、名山、溫泉、海灘、懸崖作為背景，有人說，看他的小說就像看遊記一樣，因為有著詳盡的風土人情、氣候環境，以至名勝特產的描述，甚至連交通情況，行車時間，都有精確的記錄。在《點與線》裏，火車飛機的時間表達到了完全精確的程度，而且是作案和破案的關鍵線索。這種廣闊的背景，真實的描寫和準確的時間運用，使松本的小說具有一種新鮮感。

松本出身於貧苦家庭，四十年艱苦的歷煉，使他的作品中，表現出一種對被壓迫和被迫害的小人物的同情心，這就是所謂"清張的庶民性"。松本常說："作家不是特別的存在，而只是普通的市民，若有特權思想，豈不自尋末路。"所以在松本的作品中，是非分明，絕不含糊，他是站在老百姓的立場上來講話的，這也是他的作品受到廣大讀者歡迎的原因之一。例如有一天，他工作中突然覺得肚子餓，想吃麵條，就帶了妻子和孩子去吃麵，路上碰見在立川美軍基地活動的妓女，他心裏就想："這些女子將來會怎麼樣？"他把這種同情的思想集中成《焦點》的構思。

　　有人曾認為松本本來是純文學作家，變成一個流行小說家太不上算了。松本對這個問題有他自己的看法。事實上純文學的讀者面很窄，只有那些學者才去認真加以研究，松本卻主張文學作品應以"擁有廣泛讀者為目的"，這是他從事大眾文學創作的出發點，正因為他運用了大眾喜見樂聞的形式，小說寫來文筆生動、愛憎分明、平易近人，所以受到各階層讀者的喜愛，他要在作品中表達的思想和傳達的信息，也因而得到了最廣泛的傳播，這正是他寫作的目的。他的作品是現代日本現實主義文學的一個重要組成部分，松本是一個自覺的現實主義作家，即使松本現在已是一代大師，但他卻從未忘卻自己過去艱苦的歲月，據說他常會夢見過去的親人而半夜驚醒，令人不可思議的是，他從沒夢見成名後的事。他曾說："那些夢，幾乎都是貧窮時代或軍隊時代的夢啊。沒有米了，明天起拿什麼給家人吃呢？在朝鮮的兵營裏，思念著家人，想著他們要怎樣生活而坐立不安……淨都是那樣的夢，就這樣，早上醒來，渾身都是冷汗！"人類的境遇越安定，昔日的困苦就越常夢見，也許正因此，松本在小說中的那種庶民性，總是以濃郁的色彩滲透出來，這不正是他的作品歷久不衰，直至今天仍擁有大量讀者的秘訣嗎？

松本清張是個多產作家，他的小說極多，有八百多部，在日本的書店佔了滿滿一個大書架，也許因為產量太多，他的作品並不是本本都精雕細刻，有些不免是倉促成稿，泥沙俱下。不過他幾部有代表性的作品，如《點與線》、《焦點》、《隔牆有眼》、《沙之器》（1961）、《波塔》、《霧之旗》等，早已在日本文學史中佔了一席地位。我並不是說他的其他作品都不足為觀，只是認為這幾部已足以代表他的藝術風格與特色。他曾說過："小說乃以趣味為本，所謂趣味，並不是一味盤算著投讀者所好而寫出來的東西，應當是作家的內在思想很充實，這種內在思想反映給讀者，並使讀者有所感受。就是說，必須是作家和讀者能共同享受的本質上的東西。"松本清張是個嚴肅的作家，他的作品是有感而發，所以內容豐富，讀來有趣，使讀者愛不釋手。雖然後期松本的興趣轉移到歷史研究方面去，但仍間有佳作面世。對一個作家我們實在不可能太過苛求，要求他所有文字都是精工細活，日本推理小說能開創出今日的形勢，松本清張是功不可沒的。

在松本清張的《點與線》之後，日本推理小說發展異常迅猛，與松本清張齊名的有笹沢左保（1930-2002）和水上勉（1919-2004），他們三位號稱"推理文壇三傑"。

水上勉小時候曾做過和尚，他從事寫作是後來的事，從一個小和尚，變成一個名聞天下的大作家，水上勉走過了一條很曲折的道路。

他出生在 1919 年 3 月 8 日，父親是福井縣若狹"乞食谷"的一個建築寺廟的窮木匠。家裏有年老病弱、被豆莢刺瞎了眼睛的祖母，除了水上勉外還有四個孩子，父親經年在外幹活，沒多少錢寄回來養家，這個窮村子的土地又特別瘦瘠，一家幾口，全靠他母親一人拚命工作維持，孩子們往往餓得坐在田埂上直哭。

1929 年他還只有九歲，被送進京都相國寺瑞春院當了小和尚。少年時代的水上勉顯然並不是一個樣子可愛的孩子，後來他在獲得直木獎的名作《雁寺》（1961）中所描寫的小和尚慈念，可以說是他自己的寫照：「這個少年頭大、個子小，看起來像輛獨輪車似的，歪歪斜斜。」

在寺院裏當小和尚，是十分艱苦的，他的童年的歡樂全部被剝奪了。很多年前我到日本旅行時，曾到慶平寺去「參籠」，那種生活實在叫我難以忍受，不過倒也領略到了在日本當和尚的滋味。我只不過是去貼錢買難受，但是水上勉不到十歲就剃度成了和尚，過的生活比我所領略的要苦上千百倍。在《雁寺》中他描寫的慈念的生活，正是他童年經歷的事實：早上五點就起床唸經，接著挑水做飯，上午去上學，從學校一回來就得做掃除，割草打柴，洗便所掏大糞，晚上還要抄寫經文和背經，每晚一直勞累到十點多，才上床睡覺。對於一個孩子來說，寺院的生活簡直像是活在地獄裏一樣，每天都得在苛酷的規條下艱苦勞動，沒有片刻的空閑。水上勉陰沉性格的形成，不能不說與寺院這段生活有很大關係。他無法忍受這種生活，曾多次逃跑，終於在三年之後，逃出了相國寺瑞春院，到處流浪，但是一個小孩又能逃到哪兒去呢？沒有辦法，他又進了天龍寺派的末寺 —— 京都等持院當小和尚，熬了七年，他入了花園中學，半工半讀，讀完中學課程，他白天在京都府廳的職業課工作，晚上就進立命館大學的夜校讀書。二十歲左右，他被召募參加到中國東北開荒的"滿洲開拓義勇軍"。他到了中國，當監督苦力的工作，輾轉於中國東北各地。可是他的身體不好，不久就吐血，被遣送回日本治療。

戰後，他曾在電影發行公司工作，還當過《新文藝》雜誌的編輯，開始同日本文學界的作家來往。但《新文藝》這份刊物只辦了三年就停了刊，雖然水上勉當時只是個默默無聞的文學青年，但他對文學的興趣在這時已經培養起來了。

他在《新文藝》工作時，利用業餘時間，寫了一本"私小說"，名叫《油炸鍋之歌》（1947），經友人宇野浩二的推薦，在1948年出了單行本。嚴格來說，這本小說是水上勉的處女作，可是他創作的道路並不是一帆風順的。當時他還未成名，生活相當潦倒，住在千葉縣松戶市，往返東京有很遠的一段路，他臉上經常掛著一副失意的表情，坐在中央線的車上，為生活奔波。他常和幾個好友，如川上宗薰（1924-1985）、日沼倫太郎（1925-1968）、北條誠（1918-1976）、梅崎春生（1915-1965）等一道喝便宜酒，談談女人。他在發表《油炸鍋之歌》後，感到寫作純文學作品沒有出路，對搞文學創作感到厭倦，只偶爾在小學館的雜誌上寫點童話，往後根本脫離了創作。後來，在 1960 年他同大藪春彥（1935-1996）對談時，曾談及這段生活和這本處女作："《油炸鍋之歌》並不是我喜歡的作品，大體上我自己的生活很貧乏，連自己的心也打不動，我很希望能寫出一本唱出心中之歌，人們爭著要看的作品，哪怕只能寫出一本來就好了。事實上在那以後，我看見它都感到討厭，因此決不再寫私小說了，至此我怎麼還能認為自己是個文學青年？我感到厭惡，因此半途出家進了經濟界，在各種各樣的中小企業打工，當文員，甚至當過社長，手頭有一萬日元就想製造出一個火花閃爍的世界，大膽地嘗試去做生意。但我始終都不曾發達，難成大業。後來我才明白，應該找些問題來寫，而不應逃避人生。也許我否定自己所寫的小說，看起來有點過分誇大吧？我做過各種工作，當侍者，做職員，做工人，才明白過來，那種生活才是活生生的世界，甚至如死般瘋狂的世界，這十年間我在商界混，做過生意，也打過工，為專業雜誌跑廣告，其實全都是靴不對腳，結果搞得我了無生趣。當時我的孩子已經出生，為了生活我只好拚命工作，來養育孩子。那時碰見過去的朋友，他們問起我 '還有寫小說？' 我早已把寫作拋到九霄雲外，全忘掉了。"

　　足足有十年時間，水上勉為了生活，幹過各種職業，結果還是在各種生活當中團團轉，一事無成。他當過麻將店的店員，做過《織物新聞》記者、電視新聞記者、科研幻燈片製作員、日本通信勤務、小貨車協會的勤務、小巴檢查助手、《交通日日新聞》記者、農林圖表編輯人員、纖維經濟研究所所員、《東京服裝新聞》記者、西裝商人、廣告代理人、時裝推銷員……一共幹過三十種不同的職業，其變動之多，可謂驚人。江戶川亂步在年輕時也曾幹過多種不同的職業，但遠遠不如水上勉轉換的職業多。在目前的日本文壇，可以說找不出第二個像水上勉這樣經歷複雜的人了。

這十年間，水上勉沒有執筆寫作，完全是一個真空的時期，雖然這段時期他完全提不起寫作的興趣，但這段生活卻豐富多彩，為他日後的寫作積累了大量的生活素材。

水上勉重新提筆寫作，可以說是受了松本清張《點與線》獲得成功的刺激，他看完了《點與線》和《隔牆有眼》，引起了創作的衝動，他寫出了長篇推理小說《霧與影》（1959），據水上勉在同大藪春彥對談時說："從某種意義來說，我的處女作是《霧與影》。"這是他回歸文壇之作。《霧與影》最初發表時用的題目是《箱中》，這是水上勉看見報紙上揭露的所謂"卡車部隊"事件，感到義憤填膺，慨然執筆寫成的。報紙揭發日本共產黨，自我標榜為社會主義革命的革新政黨，為了募集資金來參加政府競選，竟然想盡辦法去進行詐騙犯罪，壓迫中小企業，使不少商行相繼倒閉，水上勉把這些罪惡活動寫進了《霧與影》中，把這罪惡的迷霧揭開，使犯罪者的黑影呼之欲出。這本書在 1959 年由河出書局出版，當時立即在社會上引起震動。

《霧與影》是水上勉再次進入文壇的首作，大獲好評，得直木獎候補，由於這本小說深刻地揭露了社會的黑幕，因此成為 "社會派"推理小說的一本代表性的作品。翌年，他又寫出了《海的牙齒》（1960），獲第十四屆日本偵探作家俱樂部大獎。《海的牙齒》一書使水上勉在推理文壇的名聲一躍而起，成為與松本清張齊名的大作家。這本長篇小說是以 "水俁病" 的悲慘事實為題材的，上世紀五十年代日本九州熊本縣不知火海沿岸的工廠，把大量工業廢料排入海中，造成嚴重的公害污染，使沿海魚類中毒，人們吃了毒魚，神經受到破壞，耳聾眼瞎，失去工作能力，渾身顫抖而死。可是資本家卻對這嚴重的指控拒不受理，多方抵賴，只顧大發橫財，引起漁民和市民的抗議和鬥爭。水上勉利用這個事件作為小說背景，講述一個前去調查的醫生被謀殺，進而展開追查，借此揭露出種種黑幕與陰謀。這部小說最初寫成短篇，題為《不知火海沿岸》，發表於 1960 年新年號的《別冊文藝春秋》，由於反應強烈，作者將它改寫成四百五十頁稿紙的長篇推理小說。

從此，水上勉成為一個超級流行的小說作家，產量驚人，被人稱為"寫作機器"，每月同時為七份刊物寫連載，每天平均寫三十頁稿紙，多的時候每月寫一千二百多頁稿子，一本本精彩的作品在他筆下湧現出來。

每個作家都有不同的寫作習慣，甚至有不同的癖好，例如江戶川亂步就有這樣的傳說：他的書齋設在地下室，點著蠟燭，他喜歡在幽暗中寫作；又如佐野洋（1928-2013）也是喜歡在夜間寫作的，白天寫作時，喜歡在雨天把窗戶關上，造成幽暗的氣氛。水上勉也是個"夜型作家"，喜歡在晚上寫作，曾經有人在《寶石》雜誌為文介紹說，水上勉寫作時喜歡在頭上紮一條帶子，奮筆疾書，他在書齋窗外的園子築了一堵高牆，這是因為他極度神經質，總認為對面公寓的窗口有人窺視他的書齋，影響了他的寫作情緒。當然，這是一種解釋，但很可能這堵高牆是為了擋住陽光，他嫌書齋太光亮，要在幽暗中才能文思如泉湧吧！

水上勉還有一種特殊的愛好，就是喜歡飼養蜘蛛，我們一般人看見蜘蛛那醜惡的樣子，會毛骨悚然，感到噁心，可是他卻把蜘蛛當成寵物。這種愛好是從小養成的，他在《雁寺》中曾說過："這少年唯一的朋友就是蜘蛛。" 水上勉小時候當和尚，過的是極孤寂的生活，他不像一般的兒童能有朋友一起遊戲，只有以寺中的蜘蛛為友了。他把看蜘蛛作為一種娛樂，令人吃驚的是，他還專門飼養蜘蛛，覺得樂趣無窮，這在我們這些害怕蜘蛛的人，是難以理解的。

水上勉曾在 1961 年 7 月的《週刊朝日》別冊發表過一篇《飼養蜘蛛》（1961）的文章，詳細介紹了他自己對蜘蛛的異常喜愛以及飼養蜘蛛的生活體驗。據他說，他最喜歡的是一種在腹背有兩條金黃色斑紋的雌蜘蛛，這種雌蜘蛛是要在六月至八月捕捉的，他經常到松戶的山區去捕捉這種蜘蛛，抓回來放養在自己花園的庭木中，有空時就讓兩隻兇惡的雌蜘蛛互鬥，他就津津有味地觀看蜘蛛大戰。等到打完了之後，他把打勝了的雌蜘蛛捧在手心，百般呵護。遇到有蜘蛛病了，他會專門去捉昆蟲來飼餵牠，通宵達旦地看護牠。每次他乘火車外出旅行，總愛探頭觀察沿線的樹林有沒有蜘蛛結巢，遇見在枝枒間有巨大的蛛網，他就興奮得不能自已。在《霧與影》中，也能看到他的這個特殊愛好的反映，第六章講到小清瘋了的父親參平在家裏養蜘蛛，"這種蜘蛛在鄉下很多，生物學上屬於節肢動物科，大的有五十元的硬幣那麼大，背上有三條金黃色條紋，經常在樹杈上或屋簷下結網，捕捉自投網中的昆蟲。""小清的爸爸從山裏捉了幾十隻金色的蜘蛛，養在庫房裏的牆壁上，讓蜘蛛之間互相爭鬥，他在一旁欣賞作樂。""蜘蛛戰爭，十分有趣。一隻蜘蛛出其不意咬住另一隻的弱處，被咬的一隻從體內滲出一種黏液，就失敗了。當然也不是很快決定勝負的。一隻蜘蛛咬住另一隻蜘蛛時，互相之間都想用吐出的黏絲把對方纏住，爭鬥可劇烈呢！直到敗者不能動彈了，勝者才把敗者拖回自己的陣地……大蜘蛛一夜能產許多卵，在金黃色的繭子上常有幾千隻小蜘蛛。老實說，看一看這種蜘蛛的生活和'戰爭'，對於我們這種頭腦清醒的人來說，也未嘗不是有益的事。"

讀水上勉的小說，總給人一種陰柔的感覺，甚至有一種不寒而慄的感覺，這也許同他特殊的愛好和陰沉的性格有點關係吧。

水上勉在《海的牙齒》發表後，在文壇上成了一顆巨星，很多座談會都邀請他去發表演講，他也十分活躍，經常在電視和廣播中出現，有求必應，傳為佳話，有"水上情話"之稱。

《飢餓海峽》（1963）是水上勉另一本精彩的推理小說，描寫一起海難事故，即北海道青函的渡船洞爺丸的沉沒而引起的一宗奇案，那是發生在1947年9月20日颱風吹襲的時候，假釋囚樽見京一郎和另兩個犯人一起殺人放火打劫，乘海難之際冒充死難者逃出北海道，得妓女杉戶八重掩護收留。這個逃犯後來成了一間公司的負責人，取得了作為普通人的一般地位，但他為了逃避警方的追查，不得不一再犯罪，為了掩飾自己的過去，最後還招死了曾保護過他的杉戶八重，自己在走投無路時，躍入津輕海峽。

水上勉的推理小說都是以現實生活發生過的真人真事為根據的，雖然他的人物有些並不是用真姓實名，而是在事實上添枝加葉，但卻全是有根有據的。《霧與影》中的宇田甚平和《飢餓海峽》中的樽見京一郎，都是以真人為樣板，不過是經過藝術加工的，所以更顯得動人。在水上勉筆下的這兩個人物，都是被壓在社會底層的人，雖然經過奮鬥掙扎，最後卻仍被罪惡的社會所吞沒，水上勉通過他們，說明了本來善良而有為的窮人，由於罪惡的社會所迫，走上了犯罪的道路，是值得人同情的。他細緻地描寫了犯罪者的心理活動，表達了下層人物對不公平的社會的怨恨與抗爭。

水上勉認為自己並不是個合格的推理小說作家，他曾表示對"本格派"那種以解開謎團和以曲折橋段為中心的寫作作風不感興趣，他認為世上並不存在精巧而完美的犯罪，所以他並沒興趣像松本清張那樣去寫殺人的方法和時間的配置，他曾說："我每天寫的東西是作為文學作品而寫的，並不準備寫偵探小說，但假如是牽涉到人類幸福和社會狀態的犯罪小說，即使我在以橋段和趣味為中心的偵探小說方面不及格，我相信我還是有理由去寫它。""我要寫的是人間的真實，要細緻地寫出社會的背景，要寫出罪行的殘虐，我相信這樣就能強烈地打動讀者的良知。"這可以說是水上勉的推理小說觀。

松本清張是戰後開創"社會派"推理小說的先鋒，水上勉不僅踏著其足跡前進，而且以自己的創作使"社會派"推理小說開花結果，他們之間的關係看起來頗為微妙，我們不妨把他們作一個比較。

若以他們的推理小說而論，其風格的確不同，松本擅長於把握全局氣勢，而水上則善於描寫細部。換句話說，松本拙於細節，而水上則弱於結構，這特點在松本的《點與線》和水上的《霧與影》中表現得至為明顯。如果說松本的作品有陽剛的氣質，水上則顯得陰柔。儘管他們在風格上各異，但卻有一個共同點，那就是他們都曾在社會底層掙扎奮鬥，心中都有著沉鬱的憤怒，他們通過反映現實、揭露黑暗的推理作品，把悶積在胸中的憤怒宣洩出來，流露出一種對社會的反擊姿態，這種強韌的力量，是絕不會和黑暗勢力和解妥協，反而會永遠同其對立下去的。事實上，現實生活是極其殘酷的，松本和水上的作品中，不少人物雖然反抗，要掙脫現實的束縛，但終究無法擺脫，他們想抗爭，但卻往往失敗。像這種不幸的烙印，不僅在松本的作品中處處可見，在水上的作品中更是經常顯現，變成對社會的一種血淋淋的控訴。也正是這個共同點，使他們有著一種“二人三足”的關係，戰後“社會派”推理小說的風格也因而確立起來，使推理小說進入了一個黃金時代，這一論斷想必是客觀的吧。

如果說松本清張原來是以純文學作家出身，得過芥川獎，成名之後進入推理文壇，成為流行作家。那麼水上勉走的道路，則同松本恰恰相反，雖然他曾寫過私小說《油炸鍋之歌》，但並未成名，這使他放棄純文學寫作達十年之久，而真正使他登上文壇的，卻是推理小說《霧與影》，以及在其後發表的《海的牙齒》，奠定了他流行小說作家的地位。在他紅得發紫之時，他卻回到純文學創作的道路上去了。

這個轉折的契機，是他在 1961 年發表的《雁寺》，據說這是水上勉根據自己小時候當和尚的經歷寫成的，帶有很強的自傳性。但這是一本犯罪心理小說，描寫小和尚慈念備受寺院住持慈海的壓迫，不堪凌辱，忍無可忍，而將慈海殺掉了。雖然小說中並沒有偵探破案，但卻有著很強烈的推理性，十分深刻地將慈念殺人的心理活動，刻畫得淋漓盡致。慈念巧妙地將慈海的屍體，放進別人的棺材中一起埋藏掉，把罪行掩蓋得不露一點痕跡。

水上勉曾經很幽默地說："推理小說是有不少無聊的東西，我打算將它寫得紋理周密，在小說的所有地方埋下伏線，這是一種完美的犯罪。我曾被不少人質問過有關這個殺人事件的真實性，我既不否定也不肯定，要是你有興趣，不妨到衣笠山一行，把墳墓掘開，如果裏面合葬有兩副屍骨，那就可以明確我犯罪的事實了，不過我並不害怕，因為這事情早已過了追究的時效。《雁寺》這本小說我是作為自傳而寫成的。"

《雁寺》的確留下了很多問題，讓讀者去分析推敲，這是一種高級的推理，而且超越了一般的推理，而成為揭露人性的心理小說。這部小說是水上勉花了四天時間，躲在"第一旅店"裏一口氣寫成的。這四天裏他連飯也不吃，不停地寫，像發狂一般，早年的生活在他筆下變得栩栩如生。發表之後，博得日本文壇的激賞，獲得了第四十五屆直木獎，評論家吉田健一認為《雁寺》可以列為世界名著，這評價並不過分，《雁寺》確實是一篇世界水平的傑作。

從此，水上勉就把主要精力，投入到了純文學的創作上，寫出了不少精心的傑作，在《雁寺》之後，寫了《雁村》（1961）、《雁森》（1961）、《雁死》（1962）等續篇，從上世紀六十年代之後，他基本上已脫離了推理小說界，而從事他的"社會問題小說"創作，其主要作品有《五號街夕霧樓》（1963）、《越前竹偶》（1963）、《湖底琴音》（1966）、《猴籠牡丹》等，還寫了以戰國離亂人生悲歡離合為題材的歷史小說《湖笛》（1963），他所著的《宇野浩二傳》（1971）曾獲菊池寬獎；《一休》（1975）得谷崎獎；短篇小說《寺泊》得川端獎，他儼然成為日本文壇之主力軍，後來是日本文藝家協會副理事長，成為一個純文學界的著名大作家了。

　　早些年我到日本旅行，訪問了日本出版界的朋友，問起日本當時最流行的推理小說作家，我以為他們一定會推許松本清張，可是出乎我意料的是，他們一提起松本，只是心照不宣地笑笑，然後說道："他是個寫作工廠，近年的作品水平質量參差不齊，不像早年那麼受讀者歡迎了，現在最受歡迎的是森村誠一、陳舜臣（1924-2015），年輕一代則是赤川次郎。"

　　森村誠一的作品被譽為將戰後日本推理小說發展到一個新的階段，受讀者歡迎是可以理解的。陳舜臣的作品早已有多本譯成中文，估計讀者也不會陌生。

　　陳舜臣這位揚名日本文壇的作家，原籍是中國台灣省新北市，他的父親在日本經商，因而他在大正十三年（1924），出生在日本神戶。他是在日本長大的，進了大阪外事專門學校（也就是現在的大阪外國語大學），專攻印度語和波斯語，畢業後曾一度留校當教師，從事外語教育工作。不過，到了1946年，他離開教職，回到他家族經營的貿易公司去幫手，開始從事商界活動。

陳舜臣在神戶的商界當中活動，特別是在華僑社會當中工作，對華僑社會的情況相當了解。他在工作之餘，動了念頭，寫了一本推理小說《枯草的根》（1961），竟然一舉成名，1961年獲得第七屆江戶川亂步獎，從此成為一個專業作家。

《枯草的根》能獲大獎，是因為它具有一般日本作家難以寫出的特色，這部小說是以陳舜臣熟悉的神戶華僑社會為背景，也只有一個海外華人作家才能如此真實地反映出華僑社會的現實。這一特點在陳舜臣以後的作品中，也是處處可見的。正是由於《枯草的根》素材珍貴，環境與人物的描寫極有格調，筆致生動，再加上這本推理小說在題材上有所突破，在犯罪動機的意外性這一點上，是過去的推理小說所沒有的，故此獲得一致好評，奪得推理小說之最高榮譽——江戶川亂步獎。

在《枯草的根》中，陳舜臣塑造了一個華僑偵探的典型人物——陶展文，這一人物不只在這本小說中出現，還出現在陳舜臣日後寫的別的小說裏。陶展文是個五十歲的中國華僑，東京的大學出身，很有學問，不只會武功，而且精通醫術，對漢方中藥甚有研究。他在東南大廈的地下開了一間"桃源亭"酒樓，他一方面經營這間中華料理店，一方面做業餘偵探，在他身上頗有中國俠士的風度。

在同一棟大樓裏，有一間中國人經營的五興公司，經理李源良原是上海興隆銀行的董事長，二十五年前曾幫助過一個瀕於破產的商人席有仁，席有仁後來在南洋成了巨富，建立了瑞和企業，儼然成為了一個大財閥，這次他訪問日本，就是不忘李源良的恩，準備和他簽一項合同，使李源良在這單生意中獲利兩千萬日元。

陶展文的一個朋友，也是他醫治的病人徐銘義，是一個放高利貸的人，不過陶展文常和他下棋，知道他常會寫威脅信追債。陶展文發現一天晚上李源良訪問徐銘義後，徐銘義被人勒死，陶展文立即通知跟他學功夫的弟子、新聞記者小島，搶在警察到來之前搜查現場，發現徐銘義三本黑皮賬本還在，但他向警方隱瞞不提威脅信的事。陶展文認為徐銘義靠放高利貸為生，雖然手段相當毒辣，但還不至於是個必然會被殺死的壞蛋，而李源良卻因而涉嫌犯罪，被捲進這宗案件，於是陶展文展開調查。據大廈管理員說曾看見李源良離去時，與一個矮個子男人擦肩而過，不久徐銘義曾叫咖啡室送咖啡，女侍應送咖啡來時，見徐銘義正在同人下棋，對手坐在陰影裏，看不清面目。小島當時正在調查一個市議員吉田的貪污事件，而行賄者是通過徐銘義這條渠道送錢給吉田的，徐銘義死後，吉田派來同徐聯絡的侄兒田村被毒殺，於是兩個案件交錯在一起。陶展文掌握了這些線索，抽絲剝繭，把真相一步一步揭露出來。這兩個案件如果單純從動機去追查，是會碰壁的，其中含有出人意料的意外性動機，故此懸疑性特別強。至於怎樣破案，兇手是誰，這兒我不揭蓋子，否則讀者讀此書就會沒趣味了。

在《枯草的根》發表後，第二年陳舜臣又發表了一本《三色之家》（1962），也是以陶展文為主人公的，不過寫的是年輕的陶展文在留學時代的事，舞台也是在神戶，故事關於一間華僑的海產店內發生的謀殺案，是“密室殺人”的變型，充分表現出陶展文的偵探推理能力。1962年可以說是陳舜臣創作豐收的一年，他除了《三色之家》外，還發表了《弓屋》（1962）、《憤怒的菩薩》（1962）和《方壺園》（1962）等小說。

《弓屋》的故事發生於外國建築師在神戶建築的洋房，在這家人的一次聚會之際，發生了令人迷惑的殺人案件。《弓屋》的背景仍是神戶，但《憤怒的菩薩》的舞台卻移到了作者的故鄉台灣，這部小說以戰後台灣急劇變化的局勢為背景，像一個激蕩的漩渦，將人物捲進了複雜的情勢，作者通過在台灣調查這些事件的過程，解開了自己哥哥的死亡之謎。

從《憤怒的菩薩》之後，陳舜臣創作的方向有了很大的轉變，他不把自己局限在神戶華僑社會，躍出了這個範圍，從此可以充分發揮他的特長了。

1964年陳舜臣發表了推理小說《黑色喜馬拉雅山》（1964），小說是以印度邊境的小鎮甘頓為背景，展開了一場寶石爭奪戰，其中有各式人等參與了這場血腥的鬥爭。西藏叛亂後流亡國外的章摩喇嘛年老病危，他在作為僧侶的一生中，曾隨達賴喇嘛到過南京，在那兒學會了漢語和英語，使他成為一個眼界廣闊的僧侶。既然他是僧侶，理應終生不娶，可是他也是個人，有七情六慾，也有過性的苦悶，當他寄居在一個官員的家中時，與那家的女傭發生了關係，生下了一個女兒。但這孩子剛滿周歲，他就奉調回藏，他的女兒由那家的主人當自己兒女一般撫養成人。在章摩垂危之際，他約會自己的女兒，可是死神已然迫近，他不信任隨從，只得將秘密交給一個正在那兒考察的、素昧平生的日本人長谷川，託他辦事⋯⋯於是，為了解開章摩留下的謎，一場爭奪寶石的生死搏鬥就展開來了。陳舜臣並沒有把小說停留在驚險、推理的情節上，這本小說不只寫得充滿異國情調，而且通過揭開這個謎團，深刻地揭露了人性的醜惡，而寫人性的部分較推理情節更為感人。陳舜臣是學印度語和波斯語的，他對印度的風土人情十分熟悉，故此小說寫得栩栩如生，使人如同生活在印度的小鎮一樣，經歷了一場錯綜複雜的冒險之旅。

到了 1966 年，他發表了《畫在火中的畫》（1966），小說的背景轉移到中國，描寫一個人揹上了五十年前貪污辛亥革命軍軍餉的污名，他拜託他的異母兄長為他洗脫這個罪名，於是展開了一場歷史追蹤，全書緊張刺激，通過各種小道具和事實加以推理論證，終於使真相大白，這部小說是很有歷史感的作品。同樣，《北京悠悠館》（1971）也是陳舜臣一部以中國歷史為背景的推理小說，時間是清末，日本和俄國正處於日俄戰爭前夕，為了爭奪中國東北這片富饒的土地，兩國的間諜在北京展開了明爭暗鬥，設法收買清廷官吏。悠悠館是北京一個著名的字畫拓本家文保泰建造的密室，實際上是日俄間諜同清廷要員秘密接頭的地點，革命黨人為了探知這個秘密，也派了秘工人員深入虎穴活動，就在日方交付了一筆巨款給文保泰轉交清廷要員慶親王的時候，巨款突然不翼而飛，文保泰也在關閉的密室內死掉了，到底他是被謀殺了呢？還是自殺？這個神秘的案件引起了多方的注意。一個從日本和英國留學回來的留學生張紹光，是個法律專家，接手了偵破這個罪案的工作。偵破工作十分緊張驚險，結果發現袁世凱也插了一手，革命黨的李濤、日本特務頭子那須啟吾和袁世凱一同密謀殺害文保泰，瓜分了那筆巨款。這本小說的主人公策太郎在事隔多年之後，由於張紹光作為中國代表到東京出席一次國際會議，得以再晤這位故人，由張紹光揭露出當年的秘密。

這本小說揭露了日本特務在中國的罪惡活動，也深刻地揭露了清廷的賣國罪行，最深刻的是揭露了混進革命黨中的口頭革命派李濤等人，為了私利，出賣革命，出賣同志，但是這些壞蛋卻奪得了金錢，跑到香港享福去了，真正的革命者卻是被愚弄了的人。

這本小說成功地塑造了女革命黨人芳蘭，她不只機智勇敢，而且大公無私，為革命不惜犧牲一切，最後沒有衝出槍林彈雨的戰場，為革命獻出了自己的青春。她是一個了不起的女性，平素工作認真，凡是危險的工作就搶著幹，結果還是被革命的叛徒所愚弄了。芳蘭是個革命理想主義者，她的結局正是理想主義者的悲劇。

理想主義者是痛苦的，因為操縱革命的人並不是理想主義者，而是野心家、陰謀家。陳舜臣在《北京悠悠館》裏要告訴我們的正是這點，所以即使今日看這部歷史推理小說，仍然可以體會到撼人的感染力和現實意義。

　　陳舜臣對中國歷史很有研究，成就也極其顯著，除了著有《中國的歷史》（1980-1983）十二卷，還寫了三卷本的歷史小說《鴉片戰爭》（1967）。《鴉片戰爭》以周密的筆觸寫出了清末的政治家和商人的苦惱，外國貿易者的橫暴，西方侵略者的野蠻，而中國老百姓生活在水深火熱中的憂悶。雖然《鴉片戰爭》並不是推理小說，但卻是陳舜臣在小說創作上的傑出成就。陳舜臣不只寫推理小說，也寫歷史小說，而且在嚴肅的文學創作上，也是卓有成就的，例如他就曾以一篇《青玉獅子香爐》（1969）在1969年獲得了直木獎。

　　1970年，他的兩本小說《重見玉嶺》（1969）和《孔雀之路》（1969）獲得了日本推理作家協會獎。《重見玉嶺》寫的是日本一位美術考古專家入江章介到中國重訪闊別二十五年的玉嶺，追尋舊事。原來在抗日戰爭期間，他也曾到玉嶺做過考古研究，認識了當地的游擊隊，同時認識了一個女游擊隊員映翔，他愛上了這個中國姑娘，可是他是一個敵國的人，這樣一段充滿浪漫色彩的經歷，使入江終生難忘。作者既描寫了這對異國情鴛的愛與恨，也寫出了日本人的殘暴和游擊隊的抗日活動。作者安排了一個很有趣的場面，就是由入江和另一位追求這個姑娘的游擊隊戰士進行比賽，看誰能殺死一個漢奸，誰就能得到她的芳心。入江削斷了漢奸的露台支柱，讓漢奸跌死，但游擊隊戰士同時一槍結果了漢奸的生命。二十五年後，入江重見玉嶺，帶領他去的正是當年那位“情敵”——臥龍司令周扶景，兩人一笑泯恩仇。這本小說在刻畫人物方面是相當成功的，周扶景這個人物寫得如神龍一般見首不見尾，入江作為日本學者的那種忠厚呆氣和癡情，也刻畫得入木三分。

陳舜臣在推理小說方面，還寫了《方壺園》和《長安日記》（1973）。這兩本小說是歷史推理小說，背景是唐代中國，這正說明陳舜臣對中國歷史研究的功力深厚，才能寫出唐代的偵探故事。《方壺園》是寫唐代詩人高佐庭在密室中被殺的案件，而密室則被十米高的石壁所圍繞。高佐庭是鬼才詩人李賀的親友，他負責編輯李賀的遺稿，在豪商崔朝宏家中的密室方壺園內神秘死亡。結果是李賀的從弟李標經過推理，查出了殺人的動機與方法。

《長安日記》發表於 1973 年，這是一本由六個故事組成的推理小說集。據陳舜臣說，這本小說完全是虛構的，沒有什麼事實根據。作者在這些小說中塑造了一個古代推理專家賀望東，這個人物本身就身世迷離，有人推理說他是藤原定慧（643-666），原來是日本孝德天皇鐮足（614-669）的次子，為了讓長子繼承王位，讓次子出家為僧，送到中國留學。但陳舜臣否定了這種推理，他塑造了這個身世淒迷的賀望東，正是根據歷史上存在的，從日本被送來中國長安留學而回不了日本的事例，日本執政者為了使某個人物不被捲入政治鬥爭而遠避他方，賀望東這個人物倒是符合日本可能出現的歷史情況的。

這六個故事，是以唐代國都長安城為背景，寫出了當時的風物，由於陳舜臣對古代長安很有研究，連街名城區都依照古代長安的樣子，風土名物也都具有真實感。賀望東不只才智過人，而且善於推理，每當官兵無法破案時，他就被請來破案。賀望東是個風流倜儻的人，有空就到妓院枕著相戀妓女的大腿喝酒，但一到要去偵破案件時，就龍精虎猛。賀望東是個悲劇性的人物，有國回不得，將終老異國。但陳舜臣卻把他寫得那麼可愛，使人難忘。

1976 年，陳舜臣以《敦煌之旅》（1976）獲大佛次郎獎，他的旅遊紀行作品，又開闢了一個新的天地。在那以後，他仍不斷有新作問世，其中《絲綢之路》（1973）、《景德鎮》（1979）、《北京之旅》（1978）、《中國歷史之旅》（1981）、《十八史略》（6卷，1977-1983）等著作，都得到了好評。陳舜臣對中國的詩也很有研究，他寫過兩本漢詩，一本叫《風騷集》（1984），一本叫《澄懷集》（1986）。陳舜臣於 2015 年 1 月 21 日在神戶醫院病逝，享壽 90 歲。

　　陳舜臣的創作道路，已大大超越了推理小說的範疇，他作為一個生長在日本的華人，確實起到了溝通中日兩國文化的橋樑作用。他的小說充滿了中國的氣息，所以在日本受到讀者歡迎，相信中國的讀者也同樣會欣賞他的作品。

日本的推理小說，在松本清張之後，經過十年時間，又掀起了一個新的高潮，出現了森村誠一。

森村誠一早已成為當代日本推理文壇的旗手，有人指出，森村誠一把"社會派"推理小說推上了一個新的高峰，這使現實主義的推理小說得以健康發展。森村誠一的作品所反映的社會現實更具深刻的意義，他的作品筆力宏壯、質量優秀，實績是有目共睹的。

森村誠一出生於 1933 年 1 月 2 日，原籍在日本埼玉縣熊谷市，父親是一個經營飯館的商人。森村誠一青年時代酷愛法國文學，尤其喜歡羅曼·羅蘭（Romain Rolland, 1866-1944）的著作，《約翰·克里斯朵夫》（*Jean-Christophe*）被他視為"知識分子的《聖經》”，對他一生的奮鬥有極大的影響，使他不斷追求人生的意義和人的尊嚴。

有人說，在日本推理小說作家中，英文最好的是他和三好徹，而松本清張也把英語自學得很好。森村誠一是科班出身的，1958年畢業於青山學院的英美文學系。

可是，森村誠一在畢業之後，並沒有機會繼續從事英美文學的研究工作，由於環境和生活的壓力，他離開學校之後，就進了新大阪旅店工作，後來又在新大谷旅店工作，一幹就幹了十年。他在旅館裏當一名服務員，每天在櫃檯給旅客派發鎖匙，一天到晚都點頭哈腰，對客人說：“先生，這是您的鎖匙，謝謝。”

這種工作是十分單調的，一個英美文學系畢業的大學生，竟做這樣一種工作，過極其刻板的生活，成了一個典型的上班族。他真不知道自己的人生到底價值何在了。

這樣過了幾年，他真是萬念俱灰，雖然他已升到櫃檯主任，可是主任的月薪也只有三萬八千日元。這時，旅店對面興建了一棟大樓，那是著名的《文藝春秋》雜誌社的新樓，跟該雜誌有來往的作家，常常因方便而入住森村誠一工作的旅店，這使他有機會見到不少作家的廬山真面。其中推理小說作家梶山季之（1930-1975）更在這間旅店租了一個房間做工作室，不時把稿子存放在櫃檯，森村誠一見這些作家來來往往，心裏也引起了一股創作的衝動。

這十年的旅館工作，使他接觸了社會各階層形形色色的人物，也耳聞目睹了種種光怪陸離的社會現象，使他積累了不少生活素材，為他日後的創作準備了條件。

旅館工作有時忙有時閑，森村誠一在空閑時，就開始把所見所聞的社會現象，加以思索整理，他想把這種感受寫出來。他一開始並不是寫推理小說，而是寫社會小說，以現實主義的創作方法，反映社會的現實生活。他終於下定了決心，辭去了旅館的職務，開始埋頭創作，把自己要表達的東西寫出來。他開始創作社會小說，寫了《大都會》（1967）、《分水嶺》（1968）等作品。就拿《分水嶺》來說，森村誠一對這本小說是很喜歡也很滿意的，是他的得意之作。但是，小說寫好後卻找不出版社出版，一個默默無聞的旅館工作人員寫的社會小說，即使作品寫得十分出色，沒有獨具慧眼的編輯識寶，書商是不敢冒險去出版的。這本小說是他在 1968 年上半年寫的，正如他自己說的：“當時，我剛剛辭掉做了十年之久的旅館工作不久，正想寫點兒東西抒發心中的鬱悶，但當時沒有一家出版社、雜誌社肯出版我的作品。”

每一個作家在寫作時，都會考慮到一個問題，那就是：我為什麼寫作？森村誠一說：“那時候，我有一股創作衝動，《分水嶺》的主題正是積存於我心中的怨憤的產物，也可以說是我償還社會與人生的一筆債務。友誼同信念兩者的衝突，本是小說中最理想的主題，曾被許多作家描述過，而《分水嶺》有我青春的投影，以及在我內心深處對大企業的厭惡。”

《分水嶺》是一本觸動當時社會問題的現實小說，是有膽略的人才寫得出來的。二十世紀五十年代到六十年代中期，是日本經濟起飛的時期。日本經濟的起飛，很多大企業就是靠著韓戰和越戰這兩次戰爭養肥自己的。

正如森村誠一所說，《分水嶺》寫了友誼和信念的衝突，在小說中，他塑造了秋田和大西這一對生死與共的朋友，他們甚至同時愛上了一個女人。但是他們兩個的生活道路是向完全相反的方向發展的，秋田由於原子彈之害，對戰爭深惡痛絕，他致力於醫學，以人道主義的精神治病救人；而大西卻埋頭於武器的研究，為軍火企業研製高效燃燒彈、致幻毒氣彈，他不理這些武器在戰爭中會殺害什麼人，只求達到目的，不擇手段，成為軍火商發財的工具。這是一對矛盾，而且是不可調和的矛盾，友誼和信念的激烈衝突貫穿全書。

這兩個人都被籠罩在日本大企業的魔影下，秋田最後為了抗爭，自願接受毒氣的人體試驗，同時由於他自知命不久矣，想留一筆錢給即將分娩的妻子作生活費。秋田的死使沉迷於向上爬的大西良心受到譴責，他發明研究的毒氣奪去了朋友的生命，他終於醒悟到自己的罪過，親手毀掉了自己一手發明研究的毒氣彈，結果因中毒而發瘋。當公司發現他已經失去利用價值時，就把他開除了，大西最後墜崖身亡。

這個悲慘結局是友誼和信念矛盾的必然結果，個人同大企業抗爭也必然是以悲劇收場。正如作者在〈寫在前面的尾聲〉這段結尾中辛辣地說：“這種事在偌大的都市裏真是稀鬆平常。”從而使讀者領悟到這種悲劇在日本經濟發展中並非偶然，這正是一個社會的悲劇，也正是大企業將人性歪扭的血證。他在這本小說的〈後記〉中說：“小說所描寫的製造武器軍火的企業，其經營情況頗為特殊，但與我們供職的各個企業，本質上卻是一致的。我認為它正是大企業本質的一個概括。為追求利潤不擇手段，這是貪得無厭的具體表現。”正因為這種概括，使這本小說具有深刻的社會意義，對日本以至世界各地的讀者，都具有巨大的衝擊力。

《分水嶺》這部社會小說雖然是以通俗的形式寫成，但卻具有與嚴肅小說相同的張力。森村誠一曾明確指出自己對於純文學與大眾文學的看法：“現代社會的人，不論是誰，總是以一定的形式，與某一社會集團發生關係，要從社會集團中完全擺脫出來，除了魯濱遜，誰都辦不到。儘管如此，日本的文學被困於個人的‘自我’桎梏中，而我深信，挖掘人性才是文學的本職，作品才能深化。無視或不願去涉及與大眾最密切有關的問題，誤認為文學只有描寫自我的內心世界，就是描寫了人和人生，這不過是一種心理上的自我安慰。他們無視外界的一切，或認為干預人生的文學是一種邪門歪道。因此，像那些言不及義的夢囈般的小說，一點兒都不涉及人生的真實，裝腔作勢，僅僅是狹小的文學沙龍圈子裏的一種遊戲，絲毫也得不到讀者的共鳴，而把感動廣大讀者的小說，錯認為是粗野鄙俗的。”森村誠一這種干預生活的見解是十分正確的。離開生活的現實而作無病呻吟，最終會被讀者所拋棄。

《分水嶺》得以出版，是森村誠一獲得江戶川亂步獎之後，即是 1969 年 8 月以後的事了。

1969 年森村誠一發表了第一部推理小說，那是純推理小說《高樓的死角》（1969），獲第十五屆的江戶川亂步獎，這部小說使這位文壇新人嶄露頭角，受到大家注意，他的作品不再為出版社和雜誌所拒絕了。從此之後，森村誠一成為日本推理文壇上的一位驍將，他的社會小說《分水嶺》也由青樹出版社出版。

《高樓的死角》是一本"本格派"的推理小說。7月22日上午七點剛過，送文件報紙到三十四層三四○一號房給經理的吉野文子，發現經理在房內被刺殺，當時房間是從裏面鎖上的，這是一宗密室謀殺案。負責搜查這一案件的是平賀刑事，他發現經理的女秘書有坂冬子有嫌疑，於是根據調查，解開了密室謀殺之謎。可是一波未停一波又起，冬子的屍體在福岡被發現了，平賀又趕到九州去追查事件的真相……森村誠一長期在旅館工作，對旅館的管理與運作十分熟悉，《高樓的死角》正是以旅館為舞台，所以寫得十分真實可信，實為不可多得的純推理作品。這部小說使他成為推理文壇的新星。形勢改變了，他過去寫的作品有機會出版了，他的新作也受到出版社的歡迎。在《高樓的死角》之後，他在1970年又發表了以萬國博覽會觀光旅遊界為舞台的推理小說《虛構的空路》（1970），反映藝能界的《新幹線殺人事件》（1970），1971年又以選定客機的國際利權爭奪為題材，寫了《東京空港殺人事件》（1971），還有《密閉山脈》（1971）、《超高層旅館殺人事件》（1971）等作品出版，而以《腐蝕的構造》（1971）在1972年獲得第二十五屆日本推理作家協會大獎，成為當時最暢銷的作家之一。1972年他發表了《日本阿爾卑斯山殺人事件》（1972）、《鐵筋的畜舍》（1972）、《異型的白晝》（1972）、《真晝的誘拐》

（1972）、《星的故鄉》（1972）等，次年又有《惡夢的設計者》（1973）、《恐怖的骨骼》（1973），到1974年又有《黑魔術之女》（1974）和《通輯佈署》（1974）等。1974年以前這一段時期，可以說是森村誠一創作的第一階段，他的作品已經相當成熟，得過兩次大獎，為廣大讀者所熟悉了。

真正使森村誠一在文壇上獲得堅實地位的作品，應是他著名的"證明"三部曲。這三部小說是《人性的證明》（1976）、《青春的證明》（1977）和《野性的證明》（1978）。《人性的證明》發表於1975年的《野性時代》雜誌，第二年1月就由角川書店出版了單行本。這本小說在當時引起了很大的轟動，跟著就拍了電影和出版了文庫本，文庫本在十個月內印了三十版，受讀者的歡迎程度可想而知。短短時間內暢銷了三百多萬冊，是當年日本文壇罕見的。"證明"三部曲可以說是森村誠一創作的另一個新階段。

《人性的證明》被日本評論界譽為推理小說的一大傑作，獲得第三屆角川小說獎。橫溝正史曾這樣說過："我看過了森村誠一氏已經發表的全部作品，認為《人性的證明》為其作品中最傑出的一本，可以說，它是森村氏全生涯中之最高傑作。"我認為橫溝正史這番評語並非過譽，因為在推理小說中，如此深刻地揭露人性的作品，是前所未有的。

八杉恭子是著名政客郡陽平的妻子，同時也是一個紅極一時的女評論家，主要評論家庭問題，經常在電視上露面，她和兒子恭平串演的“模範母子”，以《母子通信》在電視上大演雙簧，事實上恭子一點也不關心兒子，只在物質上滿足他，他因得不到母愛，變成了阿飛流氓，最後走上犯罪的道路。也正是這個恭子，在戰後時期曾同一個美軍黑人士兵威爾遜同居，生下一個混血兒喬尼。喬尼長大後來到日本尋母，恭子因為怕暴露自己的歷史，為了保住自己和丈夫的顯赫地位和社會名譽，她竟親手刺殺了自己的混血兒子，又謀殺知情人以圖滅口。

　　作者塑造了一個憤世嫉俗的刑警棟居，他負責偵破這一案件，棟居的父親是因制止美軍侮辱日本婦女而被美軍毆打至死的，棟居因而產生了對人性的懷疑，他之所以從事刑警的工作，並不是為了主持社會正義，而是要對人類進行報復，他的宗旨是要把追捕的對手搞得越痛苦越好。

　　破案的線索是一頂草帽、一本西條八十（1892-1970）的詩集和一首歌謠。具有諷刺意味的是，自以為是、不信任人性的偵探棟居，最後卻是以人性為武器，攻下了頑固而不認罪的恭子。他讀出那首恭子在兒子小時候常讀的歌謠，震撼了她的靈魂，挑起了她作為母親的最後一點人性，使她低頭認罪。

《人性的證明》不只是一個偵破與反偵破的鬥智故事，它涉及的社會面很廣，在偵破案件的過程中，對日本戰後幾十年和美國社會存在的畸型現象、人與人之間的關係，都進行了深刻的揭露。所以這本小說是一部解剖社會的作品。

　　在刻畫人物方面，森村誠一運用了心理分析的手法，他通過具體的事，來表現出各個人物的精神世界，例如對恭子這個冷酷無情滅絕人性的女人，作者寫出了她的陰險狡猾，從而對她進行鞭撻。但作者並不只是針對她一個人，而是對塑造她這種人的醜惡的社會制度進行揭露。

　　"證明"三部曲，是森村誠一創作生涯的第二階段，無論是《人性》還是《野性》和《青春》，都得到了極高的評價，因為它們不是單純的推理小說，而是社會小說，比一般的推理小說高出很多，相當深刻地反映了社會現實。這些小說能夠反映出森村誠一的心態，他一貫在探求人生的價值，不停地追問人何以為人，力圖肯定人性的尊嚴。

　　到了上世紀八十年代，森村誠一又更上一層樓，他的創作已超越了推理小說，作為一個"社會派"的推理小說家，他的創作道路不可避免地走向社會歷史的範疇。1982 年他發表了轟動世界的作品《惡魔的飽食》，成了當年日本出版物的暢銷冠軍。他的創作進入了第三階段。

《惡魔的飽食》是以報告文學的形式，揭露在第二次世界大戰期間，日本侵略中國東北的"滿洲七三一部隊"在哈爾濱平房搞細菌戰生化武器的真相，他們殘酷地拿三千多個中國人作生物實驗的對象，這些滅絕人性的惡魔在戰後又被美軍收買保護起來。這本書和它的續集的發表，自然引起了日本右派勢力的仇視。

這本作品最初在日共機關報《赤旗報》上連載過，後來光文社出版了它，在發行時書商是不看好這本書的，認為它"舊事重提"，又是報導性的作品，不可能像推理小說那樣受讀者歡迎。森村誠一卻十分重視這部作品，僅僅是在取材工作上，他就不惜工本，花了近兩千萬日元，他同一位記者下里正樹（1936-）合作，由下里正樹專門作調查，然後他綜合材料寫成書。書出版後的頭幾個月，並沒引起讀者重視，銷售量還不及他其他作品的三分之一，可是突然之間，這本書像一股旋風，橫掃了日本出版界，成了暢銷書的冠軍，一下子銷售了三百萬冊。

右派把森村誠一視為眼中釘，特別是那些軍國主義者，千方百計攻擊森村，剛巧森村在《惡魔的飽食》續集中用錯了一張照片，把打防疫針的照片當成是七三一部隊的照片，右派立即抓住這個"偽照"問題，大造文章，惡意攻擊森村誠一是日本共產黨的打手。

事實上森村誠一除了曾在《赤旗報》連載過作品外，與日共並無瓜葛。森村曾公開道歉，表示自己誤用照片，以示負責。他把續集的收入捐出作公益事業，同時也表明自己的立場，與日共無關，他有力地譴責那些硬把作家當成政治、思想鬥爭工具的人。他表明："我承認誤用了照片，但是七三一部隊的罪行並不因此而可以被抹除，批評我的人應該就這歷史事實表明立場，不應藉攻擊作者來否定他的作品。"他義正嚴辭地反駁了右派的惡意攻擊。

這本作品發表之初，他已受到恐嚇，朋友也曾勸他就此罷手，還是去寫推理小說，不要去揭開這段醜惡的歷史，何必以民主和平的鬥士形象自居？森村誠一回答得好："如果我就此退縮，以後我有何面目以作家自居？不敢發行這類作品的出版社，將被譏為營利至上的懦弱的出版商，同樣理由，我也將被視為只知稿費和版稅的作家，那是我無法容忍的。"

森村誠一並不因挫折而氣餒，他不只重新修訂了《惡魔的飽食》第一、二集，還推出了第三集，用大量的事實證明了歷史的真相，使右派啞口無言。1984 年，他又將這件公案以日本憲法的觀點進行探討，文章輯為《日本國憲法的證明》（1986），由德間文庫在同年 4 月發行。對於七三一部隊的罪行，森村誠一是以正面徹底揭露的方式處理的,所以很有說服力。他以反省歷史的態度,一方面揭露社會弊端,一方面追求人生的真諦,這不只是他寫作的目的,也是他生存的意義。他永遠也不肯放棄對自我的追尋。

森村誠一在發表了三部《惡魔的飽食》之後,意猶未盡,又寫出了《新人性的證明》(1982),以推理小說的形式,寫後來日本七三一部隊舊人的存在,以一個中國女翻譯員被謀殺開始,追查出一串恐怖的事實。他想以此證明,罪惡的歷史是無法被掩蓋的。2011年,七十八歲的森村誠一以作品《惡道》(2010)一書榮獲第四十五屆吉川英治文學獎,這是日本該獎在歷史上最年長的一位獲得者,真是老當益壯!

毫無疑問,森村誠一的寫作使推理小說進入了一個新的時代。

二十世紀八十年代的巨星
赤川次郎

日本推理文壇，上世紀五十年代至六十年代是松本清張的時代，這一時期在推理文壇上馳騁的大將有佐野洋、結城昌治（1927-1996）、水上勉、陳舜臣、三好徹、黑岩重吾（1924-2003）、都筑道夫（1929-2003）、大藪春彥、鮎川哲也（1919-2002）等；六十年代末到七十年代是森村誠一的時代，這時期活躍的猛將則有夏樹靜子、小林久三（1935-2006）、海渡英佑（1934-）、西村壽行（1930-2007）、筒井康隆（1934-）、和久峻三（1930-2018）、連城三紀彥（1948-2018）等；到了八十年代，就是赤川次郎的時代了。

由松本清張到森村誠一，日本推理小說經過戰後近四十年的發展，已經形成了自己的特色，完全是走現實主義的路子，"社會派”推理小說在日本文壇上已站穩了腳根。毫無疑問，“社會派”推理小說在社會上擁有一定的讀者，也起了應起的社會作用，引導人們去思考社會問題，在批判現實方面是有所貢獻的。

但是，社會是在不斷發展，不斷前進的，讀者對推理文壇有著新的要求，不滿足於極端的寫實。偵探偵破一件件血淋淋的案子，看多了就會感到乏味，讀者要求有更多新鮮的東西。於是，赤川次郎出現了，他這顆文壇的新星一上場，就以雷霆萬鈞的力量，震撼了整個日本。

赤川次郎在 1976 年以《幽靈列車》（1976）得到第十五回“全部讀物”新人獎，立即受到讀者狂熱的歡迎。他的書成了日本的暢銷書冠軍，當時他的版稅收入，躍上了所有日本作家收入的第一位，甚至在日本全國納稅最多的“十大戶”中排行第八位。1983年起至上世紀九十年代，他是日本作家當中繳稅最多的。1984年他的繳稅額是六億三千八百三十六萬日元，按日本的繳稅率推算，他的收入應是九億日元左右。1985年繳稅額增至七億五千七百零九萬，其收入當在十億日元上下。僅次於他的，是西村京太郎（1930- ），納稅七億四千七百八十九萬日元，比赤川次郎少約一千萬日元，而松本清張排行第四，只有一億四千七百零五萬日元。赤川次郎的收入，使很多作家瞠目結舌。

十億日元的收入，等於當時多少港元？如果以五成來算，他每年收入有五千萬港元，抽去七億七千多萬日元稅後，還有兩億三千萬日元，即每年純收入有一千多萬港元上下。香港作家的收入，可能連個零頭也拿不到呢。

赤川次郎的收入，足以令全世界作家都羨慕，年入十億日元，這真是天文數字，為什麼會有這麼多收入呢？即使是英美暢銷書作家，三年才寫一本暢銷書，收入當然比不上他，因為他一年至少有六、七本暢銷書，誰能及得上他？他每月寫兩本書，一推出就過百萬冊，簡直是個奇蹟。他的讀者面很廣，真的是老幼咸宜，不只是青少年、中年人愛看，就是老年人也愛看，甚至白領女孩子也人手一冊，所以他的書把推理小說的讀者面大大地擴大了。

為什麼他的推理小說會這樣受讀者歡迎呢？日本《朝日週刊》書評人在 1985 年上半年舉行座談會，會上公認了這一點："誰不看赤川次郎的書，就是說他不知道什麼是現代！"

這話並非廣告宣傳術語，而是實實在在的評價，因為赤川次郎的小說具有時代的氣息，打個不恰當的比方，老年人愛聽交響樂，中年人愛聽輕音樂，年青人呢？當時的青年一代是"樂與怒"的一代，是"的士高"的一代，他們喜歡強烈而急促的節奏，赤川次郎的推理小說是青年一代的小說，是最合現代生活節奏的作品，他受年輕讀者歡迎是必然的。時代的浪潮一浪推一浪，只有屬於年輕人世界的東西，才會被年輕人接受。赤川次郎的小說充滿了青春的氣息，有著電影鏡頭般的節奏，很自然地反映出了時代的脈搏，這正是老一輩作家所缺少了的東西。

赤川次郎 1948 年 2 月 29 日出生於九州福岡博多，赤川次郎這個名字並不是他的筆名，是他真正的名字。講到這個名字的由來，倒有一段趣事。他的父親最初並不是給他起名次郎的，赤川次郎是家中的次子，他的哥哥取名孝之，父親給他取名為博之，以紀念他出生在博多。可是，當他父親到市公所去給他註冊出世紙時，戶籍註冊員說：「博字筆畫太多，很難寫，最好不要取這麼複雜的字作名字。」他父親一時為之氣結，他懶得回家同家人商量，因為這是第二個兒子，就順口將名字改為"次郎"。於是"赤川次郎"這個名字就誕生了。

赤川次郎小時候，並沒有什麼與眾不同的地方，他跟那時日本的孩子一樣，六歲開始進學校唸書，讀小學二年級那年，他父親到東京的電影公司工作，於是舉家從博多搬到東京定居，赤川次郎進了中野區立桃園第三小學讀書。小學時代的赤川次郎表現平平，成績一般，並不突出，不過他喜歡畫漫畫，常把看過的故事畫成連環畫，這也許是他創作的萌芽吧。這種愛畫漫畫的興趣，一直持續到中學階段。1960 年，他小學畢業了，入了桐朋學園的普通部，桐朋學園是以音樂教學出名的，不過普通部並不是專學音樂，只是讀普通課程，毫無疑問，赤川次郎在這間音樂氣氛甚濃的學校讀書，培養了他欣賞西洋音樂的能力，他對古典音樂是有較深造詣的。初中讀完後就升上高中，赤川次郎由於是在同校直升，所以避過了那場升高中的考試。在入學競爭十分激烈的日本，一場入學考試對學生實在是一次很苦的煎熬。不過說實在話，中學階段的赤川次郎，功課是在中下水平，他也並不特別用功讀書，反正成績保持不過不失就算了。

不過，由於桐朋學園的功課並不像其他學校壓力那麼大，倒使赤川次郎有機會大量閱讀課外書。大概是初中一年級的時候，有一天他的哥哥孝之買了一本《福爾摩斯探案》，赤川次郎借來看，一看就被福爾摩斯迷住了。他從這本開始，先是追看所有"福爾摩斯探案"系列小說，看完了之後，就看克莉斯蒂，他大量閱讀偵探小說，更通過推理小說涉獵到西洋文學的各種作品，這對他培養起對推理小說的寫作愛好是有很大影響的。也許由於他讀的西洋文學較多，反而對日本古典文學並不那麼喜歡，所以在他後來的寫作中，他不愛像日本古典文學那樣對事物做極細膩的描寫，而更多像西洋文學那樣，充滿了新感覺的現代感。

看的推理小說多了，他躍躍欲試，也想學寫小說，在高中時代，有一個同學鼓勵他寫小說，於是赤川次郎在課餘就動筆寫作，每星期寫兩萬來字，給那位忠實的讀者看。故此赤川次郎的處女作，應該是在高中時代寫成的。在 1983 年出版的《赤川次郎樂園》（1983）一書中，首次發表了他的《未發表處女作——標的》，該是這時期的少作吧。這小說寫得有紋有路，已經可以看出他日後寫作的路向了。赤川次郎在《幽靈列車》後記中也曾說過："《幽靈列車》是我的處女作，應該說它是我第一本排成鉛字印行的作品才對。其實，我早在中學三年級的時候，就開始寫小說了。我寫過一些類似當時我最愛看的"福爾摩斯探案"的短篇小說。從一開始寫作起，我就一直沒有停過筆。在讀高中時，我還曾寫過兩本超過一千張稿紙的作品。"

日本的稿紙，每張四百字，一千張稿紙就是四十萬字，這可以說是長篇小說了。

升中考試是避過了，但高中畢業後，就得考大學，赤川次郎這次逃也逃不了，只得和別人一樣，去參加大學的入學試。他自己知道是不易過關的，因為入大學的競爭十分激烈，而日本人對於名校和學位的重視已到了畸型的地步。考試的結果自然不出所料，名落孫山。他自己是一點也不奇怪的，他的家人也明知會有這樣的結果，並沒有太過責備他。

1968年正月，他開始走進社會，上"社會大學"了，進了"日本機械學會"，在該會屬下一份專登機械學論文的月刊，擔任校對工作。

校對文稿的工作比較輕鬆，赤川次郎並不感覺工作壓力重，反而有相當多的空閑時間，可以瀟灑地閱讀各種書籍，他對這份工作雖然並不滿意，但樂得輕鬆愉快，也就懶得轉行再去尋找別的職業了。從學校大門出來，就進了這份月刊，當上了"上班族"，每天準時上班，準時下班，一幹就幹了十個年頭，他可說是樂天知命，連動也不想動一下了。

即使在1976年，他以《幽靈列車》獲獎之後，仍然可以安心去做校對工作，他根本沒想過以筆耕謀生，也沒料到自己日後成了收入最多的天王巨星作家。他依然每天準時上班，利用業餘時間寫作，這樣一邊打工一邊寫作，又拖拉了兩年。直到他出版的幾本書銷路奇佳，出版社和雜誌社紛紛來約他寫稿，他這才意識到自己可以專業寫作，於是正式辭工，開始把全部時間投入到創作中去。

最初的一段日子裏，當了十年上班族的赤川次郎仍按在月刊工作時一樣安排自己的寫作時間，每天照上班的時間作息，全在白天寫作。可是，慢慢就行不通了，白天不停地有電話來找他，打斷了他的思路，而且訪客日漸增多，弄得他白天根本無法寫作，於是他改變了自己的作息時間，等夜靜之時，才開始動筆，慢慢就變成了一個在夜間寫作的"夜型作家"了。

這麼一來，奇蹟出現了。1982年，初試啼聲的赤川次郎，以兩本"三毛貓福爾摩斯"系列小說和另一本推理小說，擠上了全日本二十本最暢銷小說的龍虎榜，引起了全日本讀書界和出版界的注目。第二年，他以《偵探物語》（1982）一書登上最暢銷書榜首，另外還有七本推理小說擠進暢銷榜，二十本暢銷書中他佔了八本，佔了五分之二，1985年他更以九本書登上暢銷書榜。

在他獲推理小說新人獎時，評審委員丸谷才一（1925-2012）曾語重心長地勉勵他："赤川次郎這次是值得獲新人獎的，不過他應該向更上面的兩個獎——芥川獎和直木獎進軍。"果然，1980年，赤川次郎以《獻給惡妻的安魂曲》（1980）獲得了第七屆角川小說獎，接著以《上司不在的星期一》（1980）獲得了第八十三屆直木獎候補。看來，當時他是正在向著直木獎和芥川獎努力。

赤川次郎在日本的作家當中，可以說是一個創作力旺盛的多產作家，在1977年他出版了兩本小說，1978年就增加到五本，1979年只有三本，但到了1980年他就增加到十八本，這以後，他一直保持著每個月出版兩本新書的紀錄，短短十年，他已出版了近一百本書了。難得的是，幾乎每本書一問世，就成了暢銷書，不論是大學生還是中學生，都人手一冊，要跟得上時代，就得看他的書。

為什麼赤川次郎的推理小說能像一股旋風一樣席捲日本推理文壇呢？

首先，他的作品充滿了青春的活力。他的思路，同現代年輕人的思路是相通的，他的小說有著與年輕人相同的脈搏，能為年輕人表達出他們對於成人社會中虛偽因素的不滿。日本評論家對赤川次郎小說的評語是，他"柔軟的思考方式，敏銳的時代觸角，奇妙的趣味，獨特的想法，和年輕人相同的脈動，是年輕人感性的天線，他毫不客氣地戳破大人社會的欺瞞與偽善。"這點是講得相當準確的。日本的成人社會充滿了爾虞我詐，但年輕人的心靈比較純潔，他們不滿這種現實，有自己的理想和追求，敢於反抗。成人總是按他們的模式來塑造年輕一代，稍有踰軌，就諸多批評和挑剔，赤川次郎卻站在年輕一代的立場上，用他們的思想觀點來看成人社會，故此他的作品得到了年輕一代的認同，他在小說中創造出了一個年輕人所認同的小說世界。赤川次郎以時代的觀點對社會進行反思，為年輕人發表出他們的意見，自然會得到年輕人的擁護和喜愛了。

　　赤川次郎寫了近百本推理小說，要每一本都進行論述，根本是不可能的，否則本書將是一本專門的論文了。這裏只能從他整體的創作特點加以介紹。

　　赤川次郎的文筆十分輕快，富有幽默感。他創作了幾個系列小說，例如"三毛貓福爾摩斯"系列，塑造了一個年輕的幹探片山，從外表來看，這個新入行的探員長得英俊，也頗有頭腦，可是他見了血就會暈倒，見了女孩子就臉紅耳赤，偏偏他被派進一間發生殘酷血案的女子學校去負責偵察監視，於是遇見的尷尬場面可想而知，鬧出了種種笑話。作者還塑造了一隻懂人性，會破案的花貓（日本人把黑、白、棕三種顏色的花貓叫三毛貓），一個年輕而缺乏經驗的警探和一隻會破案的福爾摩斯貓成為搭檔，演出一幕幕驚險百出又笑話不斷的故事。赤川次郎的"三毛貓福爾摩斯"系列已發展成十多本小說，什麼"狂想曲"、"恐怖館"、"聖誕節"、"奇異箱"，甚至"私奔"、"怪談"，真是虧他想得出來，本本橋段新鮮，每次都以新面目與讀者見面。

　　赤川次郎的小說行文流暢，節奏感很強，簡直就同流行音樂一樣，小說簡潔明快，絕不拖泥帶水，跟一般的日本小說不同，日本小說往往過分細膩，節奏十分緩慢，反而使人讀來不耐煩，但赤川次郎的小說卻一下子就鋪開情節，以輕快急促的節奏展開故事，把讀者帶進他的小說世界去。他不喜歡過多的景物描寫，甚至有些動作也通過豐富的對話表現出來，使人有如看電影一樣，從一個鏡頭跳到另一個鏡頭，運用蒙太奇的手法，剪接得十分自然流暢，我想這跟赤川次郎的父親從事電影工作，赤川次郎常到電影公司，學到電影手法大有關係。假如從創作的風格來說，他從外國文學吸收的養分比從日本古典文學吸收的養分要多些，可以看得出湯默斯‧曼（Paul Thomas Mann, 1875-1955）、茨威格（Stefan Zweig, 1881-1942）、赫塞（Hermann Karl Hesse, 1877-1962）對他創作的影響。

赤川次郎的小說，是寫給大人看的童話，他小說中的女主人公，都是年輕美麗充滿青春活力的，例如他的“三姐妹偵探團”系列，塑造了三個姑娘，文靜不好動的大姐綾子，幹勁十足美麗健康的二姐夕里子，十分實際錙銖必較的小妹珠美。又如《杜鵑窩圓舞曲》中的鈴木芳子，在二十歲生日接受了四億日元遺產，結果受陷害被關進精神病院，在病院中結識了“福爾摩斯”、“達達安”等一幫奇人，這些人比正常人更正常，但都很難融入社會，於是“鄧蒂斯”挖出隧道，他們夜間出來做偵探，白天回到杜鵑窩，演出一幕幕十分精彩的好戲。

雖然，赤川次郎的小說並不像“社會派”推理小說那般嚴肅，而且浪漫主義色彩更濃一些，但從思想體系來說，他也是反映了社會現實的，不過並不像“社會派”那樣一本正經地去揭露批判，而是嘻笑諷刺，在幽默與歡笑中，在夢幻和童話裏，以年輕一代的觀點來揭穿成人社會中人性的虛偽和醜惡。他的主人公都代表著人生的光明面，但他卻讓讀者看到人性的黑暗面，社會上的明爭暗鬥，不擇手段，為了達到對金錢、色慾的追求，甚至幹出滅絕人性的事，作者對此都給予無情的鞭撻，讀這樣的作品，年輕一代的讀者豈有不痛快之理？

在赤川次郎的小說中，並不諱言人對自我的追求，女主人公不在乎社會道德約束，追求自我，愛一個人就熱烈地去愛，決不違背人性。日本的少女不正是這樣追求自我嗎？

在緊張嚴肅的作品中，突然冒出了赤川次郎這樣輕鬆而有娛樂性的作品，自然立即被年輕的讀者擁護。我不否認，赤川次郎的作品不夠深度，也流於膚淺，過分強調了趣味性，實在與日本過去的推理小說不同。不過，對於不同的風格，是應該允許其存在而且給予認可的，既然讀者這麼喜歡，自然有它站得住腳的道理。

正如赤川次郎曾說過的：“我的作品趣味性極高，可以說近乎奢侈，本來嘛，推理小說本身就是奢侈品，沒有它，大家還不是活得好好的？既然要讀推理小說，我就覺得應該像福爾摩斯那樣，坐在暖爐前的搖椅上，悠哉地去欣賞它，這正是我們東方人最欠缺的生活享受啊。"

　　中國有沒有偵探推理小說？這個問題一直使中外的研究者感到困擾。中國兩千年的封建制度都是實行人治，所以中國的偵探推理小說走了另一條路子，以人治的傳統形成了公案小說。公案小說從廣義上講，也是推理小說，但與西方的偵探推理小說的模式是相當不同的。

　　中國也有法，但這是人治的法，與西方所指的法律有本質上的不同，封建王朝的統治者是天子，之所以稱皇帝為天子，是因為他把神權、君權集於一身，本是凡人，一當皇帝，也就神化了。神自然高於一切，皇帝說句話天下就得奉行，國家的統一完全以皇帝的思想為準則，本質上是極權的。公案小說是人治而不是法治小說，封建社會的法是維護封建統治的法，所以公案小說的著重點是突出判官是個清官，主持公道，維護正義，這類公案小說最集中的例子就是《包公案》。

包龍圖被塑造成一個公正的清官，能為民伸冤，基本上能剛正執法，即使王公駙馬犯罪，他也膽敢搬出個龍頭鍘，殺了再說。其實他只是老百姓心目中理想化的清官化身，故有包青天之稱。《包公案》又叫《龍圖公案》，應是晚明時期編成的小說集子。我們從這些小說的背景看，不難發現其中不少包公案故事的時代背景是混亂的，並不是包公生存的宋代。由此可以推斷，包公故事是經歷了很長時間，人們把歷代法官斷案的故事加以改裝之後，都歸納進了包公案去。這種情況使包公案的內容豐富了，包公於是成了古代中國理想化的青天大老爺。事實上小說中的包公與歷史上的包公有很大的出入，他只是小說裏典型化了的人物。

《包公案》的影響頗大，由於這部小說集深入民間，故對元明雜劇、明清小說以至晚清的北方戲曲，都產生了深遠的影響。元代李行道的雜劇《包待制智勘灰欄記》，自然也是從公案小說中發展來的，這部雜劇甚至影響到西方現代的戲劇，德國戲劇大師布萊希特的《高加索灰闌記》就是包公戲在外國長出的奇花。

公案小說的傳統可以上溯至北宋中葉，所謂公案，從詞義上來理解，指的是法官在公堂上判案時所用的桌子，故此就把法官判案的小說命名為公案小說了。公案小說可以是短篇，也可以是長篇的章回小說，故事內容多涉及犯罪行為，如何通過法律途徑去偵破處理案件，多宣揚法官是如何明智判案，最著名的自然是《龍圖公案》。

包公這個人物雖然比其他中國公案小說的主人公有個性，但他也是個被神化了的青天大老爺，同時也被臉譜化了。包公廉直無私，剛正不阿，忠心耿耿地執行皇帝的意旨，處處扮演著封建綱常和道德倫理的化身。但包公判案的方式是偏於逼供的，往往是嚴刑鞫訊，憑著個人的智慧和洞察力來斷案，對證物的重視不足，按現代的法律觀點，這種人治的方法並不科學，極易構成冤案和錯案。包公破案的方法有一些是令人難以信服的，如他的帽子被一股怪風吹掉，帽子飛往哪兒，就追查到哪兒，找出兇手；又如找不出真兇，就求神拜佛，通過鬼神託夢而破案；又如把犯人關在不同的地方，告訴甲說乙已招供，迫甲認罪，用這種背靠背的欺騙方法，取得口供，在現代法學觀點來說是違法的。至於屈打成招，則更不可取。

從公案小說可以看出，古代中國法官之判案，往往單憑法官個人的判斷，以逼供的方式處理案件，而不重事實與物證。一個如包拯這樣的人物，不只要在一個腐化的社會中將刁鑽枉法之徒

荷蘭高羅佩和《狄公案》

一一擺平，還得為前任貪官留下的冤獄平反，"揩屁股抹蘇州屎"。平反冤獄在中國人心目中是極為重要的，因為從古到今錯案冤獄實在太多，人們盼望平反之心情迫切，是可以理解的。沉冤昭雪，在人治社會只有寄望於青天大老爺。於是公案小說往往以公堂對簿的通俗劇形式結尾，最後來個天理昭彰，善有善報。人們寄望的青天到底是不是真的青天？頗成疑問。

公案小說與西方推理小說的根本不同，在於傳統的認知文化上的差異，典型的西方推理小說情節在於證據，重視追尋線索，破解謎團；而中國公案小說則旨在呈現對正義的追求。西方的福爾摩斯只是個凡人，也會犯錯和束手無策，但中國的包拯卻是文曲星下凡，是神化了的人。

中國公案小說的模式，往往先描寫犯罪經過，讀者一開始就如看報紙上的新聞一樣，對整個案子的來龍去脈一目了然，但法官卻是在毫不知情的狀況下摸索，進而推斷出真兇。西方推理小說的模式則是偵探與讀者同樣不知道案情，他偵察到的每一個蛛絲馬跡，必同樣告訴讀者，於是偵探與讀者可以在同一條件下，進行推理的競賽，一步步追出真兇。同樣是推理破案，公案小說側重於判案的描述，而西方偵探小說則把推理過程作為重點。中國的包拯將偵探和法官的角色集於一身，福爾摩斯則只是偵探，執法是警察與法官的事了。包拯依靠的是他個人的精明智慧和直覺，善於察言觀色，並能預見徵兆，甚至運用他對人性的審察，來判斷是非曲直，可以說是主觀的方法，而福爾摩斯則是理性的客觀的方式。包公是仕宦階級保守道德的代言人，維護著封建統治者的利益，而福爾摩斯是中產階級出身，他是以局外人的身份來偵破案件，維護社會正義的。福爾摩斯同樣也是維護現有的社會法律秩序，在意識形態上同樣是保守的。但是毫無疑問，西方推理小說在社會意識方面，沒有像中國公案小說那樣充滿道德說教，《包公案》往往帶有道德教訓的意味，著重於對法庭程序的肯定，但西方推理小說，尤其是日本的推理小說，並不著重官方體制意識形態的宣傳，甚至揭露出現今社會的黑暗和政府的不公。

中國公案小說從現代意識來看，雖然帶有一定的局限性，但我們絕不能因此就否定公案小說的價值，它是長期以來受到中國讀者歡迎的，連西方的學者也不否認這一點。正因此，荷蘭的高羅佩寫的"狄公案"系列，就成為西方世界一部膾炙人口的新型中國公案小說了。

高羅佩（Robert Hans van Gulik, 1910-1967）是荷蘭的外交家、學者，同時也是一個出色的偵探小說作家，1910 年 8 月出生在澤特芬市（Zutphen）。父親是一位陸軍中將，他是他們家的第五個兒子。在他四歲那年，他跟隨家人到荷屬東印度住了九年，在爪哇讀小學，既學會了荷蘭文又學會了印尼文。1928年他回到荷蘭，在里頓大學讀書，後來又進了烏策特大學研究法律和東方語言，1935年他獲得了博士榮譽學位。

講到高羅佩同中國的淵源，可謂深矣。他早在十八歲時，就在荷蘭荷華文化協會辦的刊物《中國》上面發表了一篇對《詩經》的研究文章。高羅佩不只通曉中文、日文、藏文、梵文、荷蘭文、英文、印尼文、拉丁文、法文、德文、意大利文、西班牙文、阿拉伯文、古希臘文、馬來亞文等十五國語言文字，而且專修東方文化史，能用中文寫作舊體詩，他對中國文化頗有研究，寫過不少漢學的著述，其中包括研究古詩源、唐詩、《赤壁賦》的論文，還有討論中國志怪小說、數學概念和燈影戲的文章，荷蘭出版的《大百科全書》，其中關於中國的辭條就是由他執筆的。

1935年他離開大學後，參加了荷蘭外交部的工作，被派駐遠東，出任荷蘭駐日本大使秘書，一幹就幹了七年。到第二次世界大戰爆發後，他因日荷交戰，被日本扣留，直到1942年作為相互交換釋放的外交人員，才獲釋離開日本。他繼而被派到開羅和新德里，在盟軍司令部任職，1943年他被派任荷蘭駐華大使館一等秘書，在重慶與過去京奉鐵道局局長水鈞韶（1878-1961）的第八個女兒水世芳結婚。第二次世界大戰結束後，他於 1946 年至 1947 年任荷蘭駐美大使館參事，後來又到日本，擔任軍事代表團的政治顧問，1956 年至 1959 年曾任荷蘭駐黎巴嫩和敘利亞大使，1959 年至 1962 年任駐馬來西亞大使，1962 年他回海牙，在外交部工作至 1965 年，然後出任駐日本及南韓大使，但不久即因患癌症而回國，1967 年逝世於阿姆斯特丹。

"狄公案" 系列是高羅佩的傳世之作，為什麼一個荷蘭學者竟能寫出一本中國公案小說來呢？高羅佩的中文素養很好，早在 1940 年，他就找到了一本中國舊小說《狄公案》（《武則天四大奇案》）。這是一本十七世紀末至十八世紀初的中國章回小說，描寫七世紀唐代武則天的名臣狄仁傑的故事書，他將這部書譯成英文，於 1949 年在倫敦印了一版限定本，印數極少，只供好友及愛好偵探小說者閱讀。

高羅佩由此對唐代文化及狄仁傑這個人物產生了興趣，於是他以狄仁傑這個人物為中心，開始創作中國公案小說。最初的作品完全依據原來《狄公案》的寫法，將三個案件糾纏在一起。他根據狄仁傑的真案，加上中國古代小說中的案例，寫出了一本本新的 "狄公案" 系列來。他在 1951 年寫了兩本小說《迷宮案》（*The Chinese Maze Murders*, 1951）和《銅鐘案》（*The Chinese Bell*

Murders, 1951）, 準備在日本出版, 但後來因《銅鐘案》有反佛教色彩之嫌, 日本出版社拒絕出版, 後來轉到別處才得以出版。此後他寫的狄仁傑偵探案就源源不絕出籠了, 計有:《湖濱案》（*The Chinese Lake Murders*, 1953）、《斷指案》（*The Chinese Nail Murders*, 1957）、《黃金案》（*The Chinese Gold Murders*, 1959）、《紅閣子》（*The Red Pavilion*, 1961）、《四漆屏》（*The Lacquer Screen*, 1962）、《御珠案》（*The Emperor's Pearl*, 1963）、《柳園案》（*The Willow Pattern*, 1965）、《廣州案》（*Murder in Canton*, 1966）、《紫光寺》（*The Phantom of the Temple*, 1966）、《玉珠串》（*Necklace and Calabash*, 1967）、《黑狐狸》（*Poets and Murder*, 1968）等十多本長篇小說。他在 1958 年還寫過一個短篇小說《蘭坊除夕》（*New Year's Eve in Lan-fang*, 1958）, 1965 年又寫了兩個中篇小說, 收在一本題為《猴與虎》（*The Monkey and The Tiger*, 1965）的小說集中, 1967 年出版了他最後一本短篇小說集《狄公在工作》（*Judge Dee at Work*, 1967）, 這些小說全都是以狄仁傑為主人公的偵探小說。

為什麼高羅佩要選擇狄仁傑這個人物作為他的偵探小說的主角呢？無疑舊小說《狄公案》（《武則天四大奇案》）對他有很深的影響, 高羅佩佩服狄仁傑的斷案本領, 在《舊唐書》八十九卷的《狄仁傑列傳》中, 也指出狄仁傑是個相當有能力的偵探, 斷案能力十分強。"仁傑，儀鳳中為大理丞，周歲斷滯獄一萬七千人，無冤訴者。"在過去的筆記小說中，由於作者的偏見，有把狄仁傑歸為酷吏者，如若按《舊唐書》的講法，能在一年內斷滯獄一萬七千件而無冤訴的人，不是酷吏，而是狄青天，可謂斷獄如神了。事實上，狄仁傑一生當過各種官吏，由低層做起，當過判佐、法曹、縣令、司馬、刺史、郎中、內史、御史、巡撫、都督、元帥、宰相（稱同鳳閣鸞台平章事），死後還追封為司馬、梁國公，可以說是位極人臣，其經歷之豐富，自然引起高羅佩的興趣，可以塑造出一個大偵探的形象來。依照狄仁傑傳奇的一生，高羅佩創造出一個新的人物形象，他是基於歷史，又不局限於歷史，這個小說中的狄公，現在已經成了西方家喻戶曉的人物，甚至比包公更出名。

高羅佩為了要創造出一個唐代大偵探兼法官的形象，付出了艱辛的勞動。他不能憑空編造，而且事事都要按唐初風俗來寫，這就得翻閱大量的歷史資料和卷籍。他曾在書的後邊特別聲明：

"在狄仁傑的時代（唐代，公曆 630-700 年），中國人不蓄髮辮，髮辮是 1644 年後，滿洲人征服中國時強迫其接受的習慣。在此以前，中國人蓄長髮，在頭頂上結髻，他們在室內室外都帶小帽，男女均穿著寬大長袖的袍子，像日本的和服，和服正是唐代從中國傳入日本的。只有軍人和下等人才穿短衣，露出褲子和腿上的繃帶。茶、米酒和若干其他烈性的酒是常見的飲料。煙草和鴉片在幾百年以後才傳入中國。"

由此可見，學者寫小說自有其目的，他要糾正西方人對中國人的錯誤偏見，進而傳播中國文化，這同時也是對中國那些盲目崇拜西方文化而數典忘祖之人的民族自卑心理，給以當頭棒喝。當然，高羅佩筆下所描寫的唐代生活，世態人情以至典章文物，也有不符事實的。但我們並不是看歷史書，而是看推理小說，故此大可不必計較。

高羅佩精於中國古文，甚至沒有用過白話文寫作，他自己曾將《迷宮案》譯成中文，1953 年在新加坡南洋印刷社出版。他的小說完全是用章回體寫成的，開頭照例一首詞，寫得不錯呢，很概括地把"狄公案"的意義點出來：

運轉鴻鈞包萬有，日星河嶽胎鮮。人間萬物本天然，恢恢天網秘，報應總無偏。

在位古稱民父母，才華萬口爭傳。古今多少聖和賢，稽天行大道，為世雪奇冤。

每回的題目，他也用對仗工整的偶句，而每回結束，也用

"欲知後事如何,且聽下回分解",完全按照話本章回小說的套路。外國人寫中國公案,而且又寫章回體,可以說是前無古人,後無來者,堪稱一絕。

高羅佩作為一個外交官,又作為一個學者,寫偵探小說是否太過無聊?這牽涉到他的人生觀和對待寫作的態度了,他在 1966 年的日記中,曾有如此的說明:

"十五年來,這項寫作(狄仁傑偵探小說)已成為我生活中重要的一部分,與我的學術研究同等的重要。我如果不做學術研究便無法繼續任外交官。因為外交官在工作上所接觸的只是暫時有重要性的事情,而學術研究則具有永久價值,正可以彌補外交官工作上的空虛。在學術研究上,就是錯誤也有永久價值,正可使他人不犯同樣的錯誤。但是一個人如果只做學術研究,他便會成為史實的奴隸,使他的想像力被納入樊籠。在創作小說時,作者可以完全控制故事,任憑他的想像力飛騰。文學創作是我生活的第三方面,是消遣,是遊戲,使我對於外交及研究工作的態度不致於消沉。"

在藝術成就上,"狄公案"系列不只是一套用章回體寫的公案小說那麼簡單,高羅佩把西方現代的一些觀點,融入中國古代的故事中,從內容意識、風格特徵、典型塑造以至語言習慣,都將古今中外熔於一爐，並不像《包公案》那樣程式化，而是佈局離奇，波瀾起伏，線索若斷若續，虛實相映，情節一層層推出，步步追索，最後才公堂具結，令兇頑伏法，大快人心，叫人拍案叫絕。他將西方的推理手法，妙用在公案小說之中，通過明查暗訪，找出真實證據才定案，絕不似《包公案》借鬼神託夢，書中的狄公更像福爾摩斯，而不似包拯。

也許正因為高羅佩是個文學家，他的結構佈局與文字語言都十分精到，不只把主人公狄仁傑寫得活靈活現，就是其他次要人物，諸如其助手陶幹、馬榮、喬泰、洪亮，都寫得栩栩如生，各有性格。

"狄公案"系列只是高羅佩一生成就的一部分，他學術著述甚多，如《秘戲圖考》（*Erotic Colour Prints of the Ming Period,* 1951，三卷本）、《中國古代房內考》（*Sexual Life in Ancient China,* 1961）、《外國鑑賞家眼中的中國繪畫藝術》（*Chinese Pictorial Art as Viewed by the Connoisseur,* 1958）、《琵琶考》（*The Lore of the Chinese Lute: An Essay in Ch'in Ideology,* 1941），都是與中國有關的，甚至在他去世後才出版的附有唱片的《長臂猿考》（*The Gibbon in China: An Essay in Chinese Animal Lore,* 1967），也是研究中國動物的書籍。

早年間，狄仁傑故鄉，今山西太原的太原北岳文藝出版社出版了三卷本的《狄公斷獄大觀》（1986），由陳來元、胡明翻譯，譯筆流暢，可惜不是章回體，與高羅佩原作有些出入，未能保留原作的風格。不過，早些年能夠有這樣的譯本出版，能將高羅佩的心血之作譯介到中國，已是做了一件有益的工作，因為“狄公案”既是中國公案小說，又是一部外國人寫的推理小說，對中國的推理小說創作有借鑑價值。

中國由於缺乏法治的觀念，所以推理作品並不發達興盛。不過，中國曾有過一套偵探小說“霍桑探案”，是可以與外國偵探小說媲美的，作者程小青（1893-1976）過去曾譯介過不少外國偵探小說，後來自己創造了一個中國的福爾摩斯，他的這套小說幾十年前在上海出版，曾轟動一時，很受讀者歡迎，不過大陸把這套偵探小說埋沒了近四十年的時間，直到實施開放政策後，它才重見天日，得以重新出版，可惜的是作者程小青已於 1976 年去世了。

“霍桑探案”中作者創造了一個福爾摩斯型的中國神探，同時也有一個華生型的記者作家，為他記述各個探案過程，霍桑破案是根據科學推理，重證據，同時他很有人情味，同情受壓迫者，對一些欺壓老百姓的達官貴人加以揭露批判。儘管現在看這套幾十年前的小說，我們會感到藝術方面尚有不足之處，但其佈局精巧，情節複雜而合理，完全是“本格派”的推理佳作，仍值得一讀。

　　早些年大陸曾出現一些“偵破小說”和“政法小說”，但成熟的並不多，大多停留在比較簡單化的推理階段，對社會實質的重大問題不敢觸及。不過有推理小說的出現，即使只是處於起步階段，也是可喜的。

　　台灣在上世紀八十年代翻譯出版了較大量的外國偵探推理小說，而且曾出版過一份《推理》雜誌，富有趣味。

　　如果說赤川次郎在上世紀八九十年代日本推理文壇出盡風頭，那麼到了二十一世紀，日本推理作家中又是誰最受讀者歡迎呢？當前日本推理小說名家多如過江之鯽，而暢銷書最多的作者當中，中國的讀者比較熟悉的當然是內田康夫（1934-2018）和東野圭吾（1958-）了，因為他們的作品，很多都被譯成中文和拍成電影，故而為大家熟悉了。

　　先說內田康夫這位推理小說作家，他畢業於東洋大學文學院，曾做過廣告文案設計員，還當過廣告公司社長，他是在 1980 年以一本推理小說《死者的木靈》（1980）出道的，該書的主角是有"信濃哥倫布"之稱的刑警竹村岩男。竹村這個刑警活像美國電視電影系列《哥倫布探案》彼德福（Peter Michael Falk, 1927-2011）

扮演的那個探長，總是穿著一件破舊的風衣。他以這個人物寫了好幾本推理小說。但他的作品並不是以"信濃哥倫布"系列最為出名，而是他的"淺見光彥"系列最受讀者歡迎。這個淺見光彥2012年在日本被認為是小說中"最難忘的名偵探"之一，排行第八位。由澤村一樹（1967-）和中村俊介（1975-）分別扮演淺見光彥這個角色拍成的系列日本電視片集有好幾十部。內田康夫塑造的淺見光彥並不是一個像福爾摩斯那樣精明能幹的人物，而是一個年過三十還沒有結婚的王老五，有點娘娘腔，見了女人會臉紅。他同媽媽和哥哥一家同住，他哥哥比他大十多歲，是警視廳刑視局的局長。光彥讀書不怎麼好，只讀過三流大學，畢業後沒有一樣工作是做得長的，最後在一份《旅行和歷史》的小雜誌社當個自由撰稿人，常常入不敷出，只能賴在家裏住。在他去採訪寫稿的過程中，常會碰上一些離奇的案件，出於好奇心和正義感，他這個業餘偵探經常會插上一手。最初常被警察誤當作嫌疑人抓了起來粗暴對待，這是光彥最不希望碰到的尷尬情況。後來警察發現，他原來是全國刑警的頂頭上司——刑視局長的親弟弟，立即改變態度，前倨後恭，十分可笑。光彥的頭腦十分靈光，往往警察破不了的案件，他鍥而不捨地追查，反倒能推理破案，因而名聲大振，成了個名偵探。有人認為內田康夫的小說會這麼流行，是靠電視片集打出名堂的，這個說法雖有一定道理，但正因為光彥這個人物不像其他偵探，有他獨特的性格，像個生活在我們中間的平凡人，所以大眾才會接受的。這個系列的小說有好多本已有中譯本，讀者不妨找來看看，頗有新意。只是這些小說在寫作上，我總覺得有時在描寫旅遊景點和介紹地理歷史方面會太囉嗦，讀起來會有點沉悶乏味。

坦白說，我看東野圭吾的小說，是在看了根據他的作品改編成的電影《紅手指》（2011）後，才開始讀的。《紅手指》這部電影很好看，阿部寬（1964-）扮演的加賀恭一郎實在演得太動人了，這是東野圭吾的"加賀恭一郎"系列中的一部，我追看了所有"加賀恭一郎"系列的小說，變成了東野圭吾的忠實讀者。

1958 年 2 月 4 日，東野圭吾出生在日本大阪一個賣小鐘錶、眼鏡、貴重金屬飾物的小店中，他的家庭並不富裕，上面有兩個姐姐，他是老幺。在《當時我們是一群傻蛋》（1995）一書中，有他對童年的回憶。他跟平凡普通的小孩一樣，讀書並不用功，成績並不好，樣樣功課都只得三分，也就是六十分，只求及格而已（這點跟我倒很相像呢！），調皮搗蛋的事不少，還有偷看女生換衣服的糗事，讀者不妨找這本書來看看，挺有趣的，你會發現同我們的童年有很多共同之處。他進的大學也不是一流大學，讀的是電機工程系，畢業後在一家豐田汽車的關係企業，即日本裝電株式會社當工程師，從事電子燃料噴射裝置的研發。

其實東野圭吾很早就開始寫推理小說，他還在讀高中的時候，偶然間看了一本叫《阿基米德借刀殺人》（1973）的小說，就一頭栽進了推理小說中，看了很多松本清張的作品，動起自己也寫推理小說的念頭。他花了半年課餘時間寫了一本三百頁的長篇推理小說《生化機器人的警告》。這是本以高校學生生活為背景的"本格派"推理小說，後來他自己翻看這本小說，曾自嘲說："主題是當時我根本沒有能力處理的深度社會問題，而且，我還很自以為是地附上後記，真不知道腦子裏在想什麼！"接著他又動手寫第二部作品，題目叫《人面獅身像的積木》，但沒有完成。他真正認真地創作推理小說是在1982年，覺得在公司整天搞實驗沒有出路，就不跟同事去喝酒作樂，而利用零碎的業餘時間，在宿舍躲起來寫小說。他陸續寫了好幾本小說，卻沒有人賞識，投稿常被退稿。直到1985年他以《放學後》（1985）一書獲得推理小說協會的江戶川亂步獎，他才闖進日本推理小說的文壇，開始他的逐夢之旅。

《放學後》這本描寫校園生活的推理小說是"加賀恭一郎"系列中的一部，主人公加賀當時還沒有成為警探。加賀個子高大，在讀書時就是劍道冠軍。他的父親是個警探，同家庭相處得並不好。加賀對父親整天只顧著破案而不顧家庭感到很不滿，故而不想繼承父親的衣缽當警探，畢業後當了一名教師，在一間學校教書。這間學校裏發生了一件殺人案，加賀自然被捲入案中，並首次進行推理破案，之後他才成為警探的。這本小說可以說是東野圭吾前期作品的代表作，是典型的"本格派"推理小說，離不開本格推理的規則，自然是"命案 —— 調查 —— 推理 —— 破案"，一開始就佈置了一個密室殺人的謎團，加賀和警方不斷努力調查，搜集證據，滿以為可以據此推測出犯人作案的手法，可以順利破案了。但跟著又發生了另一個命案，這時才知道，絞盡腦汁找出的所謂真相是完全錯誤的，那只是兇手刻意佈置的誤導。作者在故事發展的過程中不斷拋出一些線索伏筆，讓讀者滿以為可以搶先一步找出真相，但跟著又出現新的無法解析的謎團，一下子就被打回原點。這種由多個詭計構成的周密設計，使讀者參與了一次又一次十分有趣的頭腦鬥智遊戲。

　　這本小說獲得推理小說大獎後，東野圭吾以為就此可以一帆風順地進入推理文壇了，竟然大膽地辭掉了穩定的工作，搬到東京，當專業作家。他不斷寫作，以為就此可以一登龍門身價百倍了。真的會如此順利嗎？事實並非如此。書評界好像對他和他接著寫的作品視而不見一樣，從 1985 年到 1999 年這十多年，他所寫的作品沒有一本是書評界看得上的，還經常獲得惡評，評委如渡邊淳一（1933-2014）就直接表示"厭惡"，認為他寫的小說"把殺人當遊戲"。他的作品雖然多次入圍文學獎，但總是擦身而過，名落孫山，書賣不出去，不少堆在倉庫裏發霉，出版社也很頭痛。他屢戰屢敗，但並不氣餒，一直堅持寫作，在無數次失望之後，終於在 1999 年，以《秘密》（1998）一書獲日本推理作家協會獎。2006 年更以《嫌疑犯 X 的獻身》（2005）這本小說大放異彩，獲直木獎和本格推理大獎，這是對他十多年的奮鬥的一個全面的肯定，他終於逆襲成功了。他在 2009 年還當上日本推理作家協會特別理事會理事長。如今他的作品本本都是暢銷書，連那些過去堆在倉庫裏的小說，也都全部鹹魚翻生，出版社將它們重新包裝推出，竟然都成了最受讀者歡迎的暢銷書。

他早期的成名之作《放學後》是以校園為背景的推理小說，由於情節曲折離奇，佈局縝密細緻，被認為是"寫實本格派"，可是東野圭吾並不只是停留在這一模式，他的作品往往突破傳統推理的架構，不拘一格，帶有很強的文學性和娛樂性，給讀者帶來新鮮的閱讀享受，這也許是過去那些古板的書評家所不能接受的，而正是受到讀者歡迎的原因吧。東野圭吾是個風格多變的作家，他自己承認曾大量閱讀過松本清張的作品，深受松本清張的影響，所以他的小說是追隨松本清張的社會現實主義的寫作路子，反映和揭露社會的真實面目，具有深刻的社會性，大家也把他視為"新社會寫實派"。不過他不止於此，經常變化風格，因為他本是工程師出身，筆下的偵探經常利用他精通的科學知識進行破案，如"偵探伽利略"系列。

《嫌疑犯Ｘ的獻身》也是"偵探伽利略"系列的一本，它並不囿於一般推理小說的模式，一開始就把犯人作案的情況擺明，這還要動什麼腦筋去破案呢？作案的是天才數學家石神，他是"伽利略"湯川學惺惺相惜的大學同學，他有過人的數學天分，但卻自閉，不通人情世故，過著孤獨的生活。他暗戀鄰居靖子，每天到靖子打工的店買飯吃，就是為了見她一面。當他發現靖子殺了前來糾纏的無賴前夫後，他便以他精密的頭腦為她設計，處理掉屍體，佈下匪夷所思的局，並設置了多個謎團，使警方無法破案，十分頭痛，於是刑警草薙請來了湯川學，但是這個物理學家大偵探也敵不過天才數學家，兇手始終喧賓奪主，把偵探一方引得團團轉，如果不是石神最終為了保護自己愛的女人而去自首，湯川學即使能推理破案也是無法加以證實的。兩個同樣富有嚴密邏輯、理性思維的人進行鬥智，卻導出一個淒美激情的、兩個嫌疑犯雙雙獻身的純愛故事。這本小說在最後一頁寫出了最令人震撼深思的一幕：

當石神知道靖子自首，他一邊搖頭一邊後退，臉上痛苦地扭曲著，他猛然一轉身，雙手抱頭，"啊——"他發出野獸般的咆哮，裏面夾雜了絕望與混亂的哀嚎。那咆哮，聽者無不為之動容。警察跑來要制止他，"別碰他！"湯川學擋在他們前面，"至少，讓他哭個夠……"湯川從石神身後將手放在他雙肩上。石神繼續嘶吼，草薙覺得他彷彿正嘔出靈魂。

東野圭吾在書中曾點出："究竟愛一個人，可以到什麼程度？究竟什麼樣的邂逅，可以捨命不悔？邏輯的盡頭不是理性和秩序的理想國，而是我用生命奉獻的愛情！"這不是比一般的推理小說高出一籌嗎？為了愛而去殺人，這是犯罪，但小說卻寫出了人性的複雜性，達到了愛情和犧牲的極致。石神與靖子的愛並不是庸俗的性愛，而只是一種邏輯觀念上的存在，但為了這種精神上的愛而為之獻身，讀來令人感到驚心動魄，心頭沉重。這本東野圭吾中期作品的代表作，的確突破了本格推理的模式，照比《放學後》有了很大的不同，這顯示出他是一個不斷進取的探索者。

東野圭吾以人物做系列的作品在他全部作品中所佔分量不多，

除了"加賀恭一郎"系列和"伽利略"系列外,還有"竹內忍"系列和"天下一大五郎"系列。竹內忍是個年輕的女教師,她帶領的浪花少年偵探團,屢破奇案。《浪花少年偵探團》(1988)已經拍成電影,由多部未華子(1989-)演忍老師,很是有趣。這種給年輕人看的系列,和有點搞笑的"天下一大五郎"系列,雖然沒有多少本書,但散發著像赤川次郎書中的那種青春氣息,節奏很明快,很適合愛看連環圖畫的年輕人的口味。至於"加賀恭一郎"系列,除了第一部《放學後》拍成電影,由山下真司(1951-)扮演加賀外,其餘幾部《紅手指》(2011)、《新參者》(2010)、《麒麟之翼》(2011)、《沉睡的森林》(2014)、《當祈禱落幕時》(2013),都是由阿部寬扮演加賀。"神探伽利略"系列的影視由福山雅治(1969-)擔任主演,其他很多部電影如《天空之蜂》(2015)、《嫌疑人X的獻身》、《解憂雜貨店》(2017)等都是名演員演出的,很有看頭,既可以讀小說又可以看電影,不亦樂乎。《嫌疑人X的獻身》和《解憂雜貨店》等等小說不只是在日本拍成電影很受歡迎,韓國、中國也翻拍了電影。不過說實話,電影雖然賣座,總不如小說好看,小說自有其魅力,因為小說能給讀者的想象帶來更廣闊的天地。

東野圭吾的小說風格多變,寫作領域的觸角不斷地向多方延伸，但總的來說也有不變的地方。變的是血肉，情節寫法多有變化，不變的是其骨骼，推理本質是不變的。他有時又會加入一些科幻的奇思妙想，讀來很新鮮，如《秘密》、《分身》（1993）、《變身》（1991）、《操縱彩虹的少年》（1994）和《解憂雜貨店》等，都寫得情節跌宕詭異，故事架構匪夷所思，但總體來說又仍然有著推理小說的骨骼架構，能於不合理處寫出合情合理的故事，故而極富趣味性和娛樂性。如《解憂雜貨店》就有穿越時空的奇幻，讀起來使人感到人生的溫暖。這已不是像本格推理一樣將解謎條件進行拼圖公式的功能交代，而是將推理小說另闢蹊徑的創意延伸，使推理小說有更大更寬的可塑性。

東野圭吾的作品已不局限於偵探推理，還涉及社會的層層面面，對於人的心理刻畫也極為細膩，他的敘事簡練，情節起伏跌宕，佈局詭異兇狠，如《白夜行》（1999）對人物的思想和心理變化的刻畫。揭露人性方面，更是深入地把人的內心世界揭露無遺，讀它使我不由得想到杜斯妥也夫斯基的《罪與罰》，給人一種黑暗沉重的壓迫感。近年他發表的新作《人魚沉睡之家》（2015），就不是一般的推理小說，同樣也涉及社會問題，探討人性的深層內容，很能引起讀者的深思。可以說他的小說在不斷探索不斷進步，他正努力把推理小說寫得像純文學一樣精彩，強調作品思想性和社會性的同時，亦強調娛樂性和趣味性，打破了純文學和流行文學的界限。他曾這麼說：「現在的我，會儘量寫不分男女老幼的作品，即使不愛推理小說，甚至不喜歡閱讀的人，不管任何人看了都會覺得有趣的作品。」讓我們期待吧。

　　推理破案這種事在中國自古就有，先講一個《三國志》的小故事吧：三國時代吳國的君主孫亮有一天走進西苑，採了個生梅吃，覺得太酸，就叫黃門太監到庫房取蜜漬梅。這個太監與管庫的人素來不和，就設計陷害他。孫亮發現取來的蜜漬梅裏面有老鼠屎，就問管庫的："太監是從你處取來的嗎？"回答道："說實話，他來取我不敢不給。封得密密的，怎麼可能有老鼠屎呢！"太監卻有另一種說法，堅稱管庫的不負責，才會在蜜漬梅裏有老鼠屎，應加以嚴懲。旁邊的官員都議論紛紛："他們兩個說法不同，互相矛盾，應把他們關進牢裏審問清楚。"孫亮說："這種事情很容易就能推斷的。"他命令人把老鼠屎取出來破開，老鼠屎裏面是乾的，孫亮哈哈大笑，對左右官員說："如果是老鼠拉屎進蜜糖裏，那麼外表和裏面應該都是濕軟的，如今這老鼠屎外濕內乾，那必定是黃門太監的所作所為了。"那太監只好低頭認罪，左右的人無不驚服。

在中國古籍裏，像這樣的推理小故事有很多，從《世說新語》、唐代傳奇至明清小說。《三言二拍》和《聊齋誌異》都有很多這類的故事，後來發展成"公案小說"，如《包公案》（龍圖公案）之類，其中家喻戶曉的包青天，有微服暗訪調查推理破案，但也有不少是裝神扮鬼，利用心理恐嚇來破案，大談因果報應，武斷多於科學破案，武俠多於偵探推理。

以科學方法破案的首推宋代的宋慈（1186-1249），他以自己畢生的實踐經歷加上前人的經驗寫成的著作《洗冤錄》，是中國的一部劃時代的法醫學巨著。宋慈生於 1186 年，距今已有八百多年，他一生為提刑官，雖沒幹過什麼轟轟烈烈的大事，但曾以科學的驗屍方法來斷獄，注重調查研究，深入推理，不畏權貴，窮追到底，就是因而被貶也不在乎，一定要把案情查個水落石出，破了不少疑案、奇案、大案。他晚年總結自己的經驗，寫成這本比西方法醫學早出幾百年的法醫學論著。雖然《洗冤錄》這本書在中國並沒有受到足夠的重視，但對西方建立法醫學理論卻產生了極大的影響，可以說它是代表當時世界法醫學最高水平的一座豐碑。

由於中國社會長期停留在封建社會，實行人治，所謂法律，也不過是皇帝老子說了算數。自十八世紀西方進入資本主義社會，因法治的需要而發展起來的偵探推理小說已經家喻戶曉，而中國由於社會發展的局限，使中國的偵探推理小說長期沒能得到發展，仍停留在公案小說。公案小說是中國本土思維和佛教思辨的產物，重倫理而輕法律，維護的是封建王朝統治者的利益。公案小說創造出如包青天一類為民請命的清官，也表達了老百姓希望過太平日子的願望。外國的偵探小說則是科學思想和司法制度的產物，講究的是人文精神、法制和科技，偵探小說的誕生，其實同國民法制觀念和科技素質的整體水平，有著很大的關係。直到鴉片戰爭後，西方文化傳入中國，中國開始有人翻譯如“福爾摩斯探案”一類的作品，對中國的作家產生了巨大的影響。如果說中國的公案小說為中國偵探小說的誕生準備了量變的積累，那麼西方偵探小說的譯介則促成了中國偵探小說的質變。

　　晚清時期，最早是梁啟超（1873-1929）率先於1896年，在他主編的上海《時務報》創刊號的“域外報譯”欄目中，刊登了該報英文編輯張坤德翻譯的四篇“福爾摩斯探案”，題為“歇洛克呵爾唔斯筆記”，呵爾唔斯即福爾摩斯。四篇小說是《英包探勘盜密約案》、《記傴者復仇事》、《繼父誑女破案》和《呵爾唔斯緝案被戕》。比日本於 1899 年翻譯柯南·道爾的作品，還早三年呢。後來很多刊物也刊載這類小說，甚至 1904 年柯南·道爾在英國剛出版的小說，五個月後中國就有了譯文。應該說周桂笙（1873-1936）、林琴南等譯家在介紹外國文學方面是功不可沒的。1906 年林琴南和魏易（1880-1930）就翻譯了《福爾摩斯奇案》，而早在 1905 年，周作人（1885-1967）就已譯介愛倫·坡的偵探推理作品到中國了。據阿英（1900-1977）在《晚清小說史》中說："這時期翻譯作品佔全部小說數量的三分之一，而偵探小說則是翻譯小說裏最盛的一支，約佔同一時期翻譯作品的一半。" 1916 年由程小青、周瘦鵑（1894-1968）、嚴獨鶴（1889-1968）等十人合譯的文言本"福爾摩斯偵探全集"出版，再版達二十次，可見外國的偵探推理小說當時是多麼受中國讀者歡迎了。程小青更在 1927 年以白話文全譯了"福爾摩斯大全集"。

隨著時代和社會的轉變，讀者已不再滿足於公案小說，加上中西方文化的撞擊，中國一批作家開始仿效外國小說的寫法創作自己的偵探推理小說。這批先行者有劉半農（1891-1934）、周瘦鵑、范煙橋（1894-1967）、程小青、陸澹安（1894-1980）、孫了紅（1897-1958）等多人，其中以程小青的成就最為顯著。

程小青祖籍安徽農家，後遷居上海，因家貧只讀過七年私塾，早年喪父，他是家中的長子，不得不負起家庭的重擔，到上海亨得利鐘錶店做學徒。他考入上海青年會補習英文，後來又跟外籍教師互教互學英語吳語，打下了翻譯工作所必要的外語基礎，1916 年他與周瘦鵑等人合譯了"福爾摩斯探案全集"，其後他還翻譯了"陳查禮探案"系列等多部外國探案類作品。為了創作"霍桑探案"，他除了廣泛學習自然科學知識外，還作為函授生受業於美國某大學，專門研究偵探學和犯罪心理學。他創作的"霍桑探案"並非單純模仿外國偵探小說的寫法，而是結合中國的國情，寫出來的是中國自己的探案小說，至今仍是中國偵探推理小說的名著。程小青塑造的偵探霍桑，是個性格鮮明有血有肉的人物，是個中國現代的福爾摩斯，他也有個華生一樣的助手包朗，為他記錄下案件。這一百多篇小說，不只情節安排得離奇曲折，文筆流暢自然，敘事清晰簡約，分析推理縝密，而且是以中國上海這個大城市的環境做背景，講的是現代中國的故事，並不是單純地模仿"福爾摩斯"。這種既吸收了外國偵探小說的養分，又繼承了中國公案小說的傳統，是完全具有中國特色的偵探小說，令讀者感到耳目一新，自然是大受歡迎。程小青成了當時中國偵探小說的領軍人物，因而被譽為"中國現代偵探小說之父"。

　　而另一個作家孫了紅則模仿法國勒勃朗的"俠盜亞森・羅蘋"

系列小說，創作了反偵探的小說《俠盜魯平奇案》（1923）。孫了紅筆下的這個中國的俠盜魯平，也是個有獨特性格的角色，他英俊瀟灑，衣服光鮮，是個風度翩翩的公子，出入權貴豪門之家，專門盜取不義之財，劫富濟貧。如果說程小青的霍桑是個"紳士偵探"，那麼孫了紅的魯平就是個"浪子俠盜"，同樣被廣大讀者喜愛。除了程小青和孫了紅外，還有俞天憤（1881-1937）的《蝶飛探案》和陸澹安（1894-1980）的《李飛探案》也很出名。

但是這些偵探小說作品並不為當時的主流文學界所接受，被視為是流行小說、消閑讀物，不只是看不起，新文藝家也認為是俗文學，稱之為"鴛鴦蝴蝶派"或"禮拜六派"，認為是統治者的幫兇而對其加以打擊。這種狀況持續到 1949 年，由於政權的變更，將文藝同政治捆綁在一起，強調一切為階級鬥爭的政治服務，偵探小說更沒有生存的餘地了。如果說還能在這種條件下生存的，就只有仿效蘇聯的"反特小說"，主題不外是保衛國土，提防敵人、間諜、特務，及其破壞、暗殺、盜竊情報之類的行為。白樺在 1953 年寫的短篇小說《山間鈴響馬幫來》（1953），拍成了同名電影，第二年，即 1954 年，另一篇短篇小說《無鈴的馬幫》（1954）也拍了電影，叫《神秘的旅伴》（1955）。這兩部電影都是以雲南為背景的反特電影。"霍桑探案"這類偵探小說被視為禁書，根本沒有人敢出版，到了"文化大革命"期間，這些作品全都被列為"封資修"的"大毒草"，被沒收焚毀。

上世紀八十年代，中國走向改革開放，國家政治形勢趨向理性。鄧小平在中國文學藝術工作者第四次代表大會上強調了文學的多樣性，要滿足讀者要求的多樣性。社會經濟意識的轉變，不再將文藝同政治捆綁在一起，讀者的需求有了很大的變化。中國從國家計劃經濟轉變為市場經濟消費型社會，在刺激物質消費慾望的同時，也刺激了精神文化的消費慾望，高雅的純文學一統天下的局面日益瓦解，促成文化體制的改革，一定得滿足廣大群眾多樣性的閱讀要求。在這樣的背景下，偵探小說才得到了復甦的機緣。

1984 年，中國的一份公安法制文學月刊《啄木鳥》創刊，在第四期刊登了李迪（1948- ）的偵探小說《傍晚敲門的女人》（1984），引起了廣大讀者的關注。這篇小說可以說是偵探小說復甦的第一炮，它不僅得到了社會的強烈反響，而且獲得了首屆金盾文學獎，還被翻譯到俄國、法國和韓國，被譽為中國"反映法律與道德題材的優秀作品"。它一反過去"反特小說"的風格，不再以階級鬥爭和政治事件為題材，而是描寫改革開放初期的社會百態，刻畫老百姓的生活和富有人情味的人間世相。同時也不再是像八個樣板戲那樣，把人物寫成拔高的英雄，而是些生活在我們之間的平凡的普通人，故而真實可信，讓人耳目一新。

從那時起，不少作家開始關注偵探小說的寫作，出現不少值得閱讀的好作品，如海岩（1954-）的《便衣警察》（1985）、王亞平（1956-）的《刑警隊長》（1980）和王朔（1958-）的《人莫予毒》（1987）等。

近十多年的偵探推理小說作家中，有幾位尤其值得我們注意，他們是鍾源（1941-）、雷米、藍瑪（1951-）和秦明（1981-）。

鍾源，原名張曉東，本是一個熱電工程師，著有《胡雪岩》、《走在雷池邊緣的女人》、《魂斷紫禁城》等幾十本小說和電影劇本，曾以一篇短篇《翡翠麻將》獲全國首屆公安文學大獎賽一等獎；另一部中篇《夕峰古剎》獲建國五十年偵探小說佳作獎。在《夕峰古剎》中他運用了電影的敘述手法，故事離奇詭異，一波三折。因為作者具有比較豐富的歷史、科技和民俗知識，他把多姿多彩的文化信息寫進小說，使作品的可讀性大大提高，讀來十分有趣。

雷米，原名劉鵬，這位作者本身是中國刑事警察學院的犯罪心理學教師，精通犯罪心理學和刑偵學，據說他有"洞悉形形色色的罪惡，甚至超過自己的掌紋"之譽，故他的小說具有別的作者很難達到的水平。他的主要作品是"心理罪"，這是一個系列的作品，包括有《第七個讀者》（2010）、《心理罪 —— 畫像》（2007）、《教化場》（2008）、《城市之光》（2012）、《暗河》（2011）、《殉罪者》（2016）等多本。雷米以動人的筆墨塑造了一個血肉豐盈的人物 —— 青年學生方木，作為一個不通世事但有極高天分的、在大學讀書的年輕人，經歷了諸多痛苦的磨練，終於戰勝了自己的心魔。他掌握了犯罪心理畫像這門刑偵學的前沿科學，在偵破案件的過程中不斷成長，鍛煉而成為一個犯罪心理學專家和優秀的警探。他同變態殺人狂鬥智鬥勇的驚心動魄的過程，既深刻地揭露出人性的醜惡，同時也彰顯了正義的力量。

另一個作家是藍瑪，原名馬銘，是個著名的兒童文學作家，現任北京偵探推理文藝協會副會長，上世紀八十年代開始寫作，有寫作純文學的歷史，在上世紀九十年代後期開始寫作偵探推理小說，著有中長篇偵探小說幾十部，曾多次獲獎。他的作品不只注重推理分析，而且很有時代氣息，能接近世俗老百姓的生活，故能為廣大讀者接受。他創造了一個叫桑楚的偵探形象，這個人物看上去並不像個大偵探，倒像個土裏土氣的乾癟小老頭，又瘦又小，活像個乾茄子，五十多歲，頭髮斑白，一臉滄桑，叼著個金色的大銅煙嘴，是個上了年紀的退休刑警。他有獵鷹般敏銳的目光，多年的刑偵經驗使他能作出準確的判斷。這個人物並不是個料事如神的神探，而是一個有血有肉的人，他也會犯錯誤，也會埋怨，也會罵人，是個我們生活中能遇得見的人物，很有人情味，使人覺得親近。這個以桑楚為中心人物的系列作品有很多本，著名的有《天堂並不遙遠》（1995）、《綠蜘蛛》（1998）、《凝視黑夜》（2000）、《女明星失蹤之夜》（1993）、《玩股票的梅花老 K》（1993）、《神秘的綠卡》（1993）、《地獄的敲門聲》（1993）、《珍郵之謎》（1993）等多本。

除了以上這三個作家外，值得一提的是寫 "法醫秦明" 系列的作者秦明。他本身就是個法醫，2005 年獲醫學和法學雙學士學位，在安徽省公安廳工作。他用業餘時間把自己工作時遇到的案件寫下來，2012 年起在網上發表《鬼手佛心 —— 我的那些案子》，得到讀者強烈反應，接著他以小說化的筆法寫了多本以秦明為主人公的小說。這些作品不只是情節離奇曲折，高度紀實性和專業性是他的作品的一大特點，還能普及法醫學的多種科學知識，他多部作品已拍成影視，很受歡迎。其中有《屍語者》（2012）、《無聲的證詞》（2013）、《第十一根手指》（2014）、《幸存者》（2016）、《清道夫》（2015）、《偷窺者》（2017）、《守夜者》（2017）等。

目前中國偵探推理小說的作家不少，引起讀者注意的有韓夢澤（1974-）、漆雕醒（1978-）、洛風等，都各有特色。

　　台灣在 1984 年 11 月創刊的《推理》雜誌，是本很有分量的月刊，曾多方面介紹外國推理作品，也刊登過不少海內外著名作家的作品和評論，主編林佛兒（1941-2017）就是台灣著名的推理小說作家。

　　香港也有一位偵探推理作家陳浩基（1975-），他畢業於香港中文大學計算機科學系，曾在資訊和遊戲產業工作，從 2008 年發表童話推理作品《傑克魔豆殺人事件》（2008）起開始不斷創作推理小說，2009 年以《藍鬍子的密室》（2009）獲台灣推理作家協會徵文首獎。2011 年又以《遺忘・刑警》（2011）獲島田莊司推理小說獎首獎。2014 年他發表了推理小說連作集《13・67》（2014），以兩位刑警師徒的經歷，描繪出從 1967 年到 2013 年香港社會生活的巨大變遷，曾獲台灣國際書展大獎，此書版權曾售予多個國家。他的作品不少，是個值得我們關注的香港作家。

　　中國的偵探推理小說目前已有了可喜的新發展，這是值得我們高興的，但我國這種文學品種的成就，較之於外國，還是有一定的差距，水平還有待提高。我國過去一直是〝文以載道〞的純文學大國，很多人至今仍看不起偵探推理作品，認為其低俗不入流，沒有文學含量，這當然是錯誤的看法，加上某些不良書商為了蠅頭小利，出版一些粗製濫造的作品，這也影響了中國偵探推理小說的發展。如今主流文學界已開始對偵探推理作品有所關注，如著名女作家王安憶（1954-）就寫了一本評論集子《華麗家族——阿嘉莎·克莉斯蒂的世界》（2006）。這是一本很有趣也很有分量的評論文集，有人讚好，也有人批評，這種論爭就是一個很好的開端，也是偵探推理小說一個逆襲的機緣。期望中國的作家趁此時機創作出更多更好的、為廣大讀者喜聞樂見的推理作品，為我們的偵探推理文學開創一個新的時代。

下面根據本書所涉及的作家與作品之順序，摘取其中主要的代表作，編成一份入門必讀書目，供偵探推理小說迷選讀參考。若讀者能閱讀外文原著，自然更能欣賞作品之精髓；若不懂外文，可找中文譯本閱讀。故本書目先列原著，並儘可能列出其中文譯本的書名。

● 查理斯・狄更斯（Charles Dickens）

　　The Mystery of Edwin Drood《杜魯德案件》（上海譯文出版社）

● 威爾基・柯林斯（William Wilkie Collins）

　　The Woman in White《白衣女人》（花城出版社）

　　The Moonstone《月亮寶石》（上海文藝出版社）

● 愛倫・坡（Edgar Allan Poe）

　　The Murder in the Rue Morgue, The Mystery of Marie Roget, The Golden Bug, Thou Art the Man, The Purloined Letter.

　　《莫格街謀殺案》（志文出版社）

　　《愛倫・坡小說集》（人民文學出版社）

● 阿瑟・柯南・道爾（Authur Conan Doyle）

　　The Adventures of Sherlock Holmes

　　《福爾摩斯偵探案全集》（群眾出版社・上中下三卷）

● 莫里斯・勒勃朗（Maurice Leblanc）

　　The Exploits of Arsene Aupin

　　《亞森・羅蘋探案》（華夏出版社・兩卷本）

● 阿嘉莎・克莉斯蒂（Agatha Christie）

　　《克莉斯蒂偵探小說全集》（三毛編，已出五十冊，明窗・遠景出版社）

● 厄耳・狄爾・畢克斯（Earl Derr Biggers）

　　The Cases of Charlie Chan

　　《陳查禮探案全集》（六卷本）

● 達謝爾・哈梅特（Dashiell Hammett）

　　The Mattese Falcon

　　《馬爾他黑鷹》（雲南人民出版社）

- 雷蒙德・昌德勒（Raymond Chandler）

  The Big Sleep

  《長眠不醒》（上海文藝出版社・花城出版社）

- 弗德利希・杜倫馬特（Friedrich Dürrenmatt）

  Das Versprechen

  《諾言》（上海文藝出版社・花城出版社）

- 喬治・西麥農（Georges Simenon）

  The Strange Cases of Jules Maigret

  《梅格雷探案》（上海譯文出版社）

- 約翰・布坎（John Buchan）

  The Thirty-nine Steps

  《三十九步》

- 伊安・弗林明（Ian Flemming）

  James Bond 007

  《第七號情報員故事・詹姆斯・龐德》（星光出版社）

- 毛姆（W. S. Maugham）

  Ashenden

  《秘密情報員》（志文出版社）

- 艾里克・安布勒（Eric Ambler）

  The Mask of Dimitrios

  《迪米特里奧斯的面具》

- 約翰・勒卡雷（John Le Carré）

  The Spy Who Came in From the Cold

  《諜影寒》

  The Honourable Schoolboy

  《香江諜影》

● 格蘭姆・格林（Graham Greene）

　　The Quiet American

　　《沉默的美國人》

　　The Human Factor

　　《人的因素》

● 寧・戴頓（Len Deighton）

　　The Ipcress File

　　《SSGB》

● 小羅斯福・艾略特（Eliott Roosevelt）

　　The First Lady Mystery Series

　　"第一夫人探案"系列

● 莉蓮・傑克遜・布朗（Lilian Jackson Braun）

　　The Cat Who……Series

　　"貓探案"系列

● 江戶川亂步

　　《黑蜥蜴》（台灣・希代出版社）

● 橫溝正史

　　《獄門島》（台灣・希代出版社）

　　《八墓村》

　　《毬謠魔影》（《惡魔的手毬歌》林白出版社）

● 仁木悅子

　　《貓知道》（群眾出版社，《黑貓知道》台灣林白出版社，香港博
　　益出版社）

　　《黑色緞帶》（林白・博益）

　　《有刺的樹》（林白・博益）

● **松本清張**

《點與線》（天地圖書公司，林白）

《焦點》（林白）

《沙之器》（《沙器》春風文藝出版社）

《霧之旗》（鷺江出版社）

《波塔》（《波浪上的塔》江蘇文藝出版社）

《黃色風土》（天地·林白）

● **水上勉**

《海的牙齒》（海洋出版社）

《飢餓海峽》（海峽出版社）

● **陳舜臣**

《黑色喜馬拉雅山》（皇冠出版社）

《北京悠悠館》（廣東人民出版社）

《重見玉嶺》（友誼出版社）

《長安日記》（群眾出版社）

● **森村誠一**

《高層的死角》（希代出版社）

《人性的證明》（群眾出版社）

《青春的證明》（十月文藝出版社）

《野性的證明》（江蘇人民出版社）

《惡魔的飽食》（群眾出版社，吉林人民出版社）

《新人性的證明》（群眾出版社）

● **赤川次郎**

《三毛貓偵探案》（皇冠出版社）

《三姐妹偵探團》（皇冠出版社，湖南人民出版社）

《杜鵑窩園舞曲》（皇冠出版社）

- 高羅佩（Robert Hans van Gulik）

  《狄公案》（安徽人民出版社）三卷本

- 程小青

  《霍桑探案全集》（群眾・十三卷）

- 海岩

  《便衣警察》

- 王亞平

  《刑警隊長》

- 王朔

  《人莫予毒》

- 鍾源

  《翡翠麻將》

  《夕峰古剎》

- 雷米

  "心理罪"系列

  《第七個讀者》

  《畫像》

  《教化場》

  《城市之光》

  《暗河》

  《殉罪者》

- 藍瑪

  "桑楚探案"系列

  《珍郵之謎》

  《地獄的敲門聲》

  《神秘的綠卡》

《綠蜘蛛》

《天堂並不遙遠》

《凝視黑夜》

《女明星失蹤之夜》

《玩股票的梅花老 K》

● 秦明

"法醫秦明" 系列

《屍語者》

《清道夫》

《倖存者》

《守夜者》

《偷窺者》

《無聲的證詞》

《第十一根手指》

● 陳浩基

《藍鬍子的密室》

《遺忘‧刑警》

《13‧67》

● 內田康夫

"淺見光彥" 系列

《沉睡的記憶》

《他殺的疑惑》

《海市蜃樓》

《哭泣的遺骨》

《最後的明星晚宴》

《風葬之城》

- ● 東野圭吾

  《放學後》

  《新參者》

  《紅手指》

  《當祈禱落幕時》

  《沉睡的森林》

  《麒麟之翼》

  《嫌疑犯 X 的獻身》

  《白夜行》

  《秘密》

  《分身》

  《幻夜》

  《解憂雜貨店》

  《人魚沉睡之家》

十三畫

責任編輯——王　昊
書籍設計——陳德峰 (tomsonchan.com)

書　　名——偵探書話
著　　者——杜漸
出　　版——三聯書店 (香港) 有限公司
　　　　　　香港北角英皇道 499 號北角工業大廈 20 樓
　　　　　　Joint Publishing (H.K.) Co., Ltd.
　　　　　　20/F., North Point Industrial Building,
　　　　　　499 King's Road, North Point, Hong Kong
香港發行——香港聯合書刊物流有限公司
　　　　　　香港新界大埔汀麗路 36 號 3 字樓
印　　刷——美雅印刷製本有限公司
　　　　　　香港九龍觀塘榮業街 6 號 4 樓 A 室
版　　次——2019 年 7 月香港第一版第一次印刷
規　　格——32 開 (130mm×185mm) 316 面
國際書號——ISBN 978-962-04-4482-1

三聯書店網址：
www.jointpublishing.com

Facebook 搜尋：
三聯 Joint Publishing

WeChat 帳號：
jointpublishinghk